舊歌新唱

——港日美生活拾趣

堅仔　著

序：為《舊歌新唱》喝彩

能為堅仔的《舊歌新唱》寫序，十分開心，真想高歌一曲！

堅仔這名字，聽起來好像有點小器，至少離人們常說的「高、大、上」有點距離。

的確，哪怕他在華爾街叱咤風雲，帶領着四、五百人拼搏衝刺時，走在街上，也有人當他是學生哥。他為人平實低調，豁達樂觀，謙誠厚道，加上個子較小，出道又早，怎麼看都像個「後生仔」。而實際上，「堅仔」是華爾街人對他的暱稱，他也樂意以「仔」自勉，以保持心境常青，所以就以「堅仔」為筆名。

他先後在紐約、東京、香港的外國投資銀行任高職。一個華人小子，能在洋人世界呼風喚雨，並深得上至CEO、下至茶姐的尊敬和愛戴，即使辭職多年，仍與眾多同人保持友好關係，在冷酷無情的華爾街，可說絕無僅有。

能有今日，不僅是「好彩」而已。他十六歲就上大學，十九歲就讀博士。從香港的華仁小學到美國的麻省理工學院（MIT），所有考試都是第一名；因為修正一條重要方程式，連博士論文也榮獲當年全球論文比賽冠軍。要數二十年來所得的獎項，更是不勝枚舉，包括多項國家頒發的大學和研究院高額獎學金。但他不是書呆子，更非「學怪」。他能言善辯，活躍好動，功夫、跆拳、潛水、滑雪、健身樣樣皆能。曾獲得五湖區跆拳道冠軍、大學兄弟會希臘先生。人家「悃起床板」（不睡覺）準備考試，他卻到酒吧飲酒作樂；人家到處申請入學，他安坐家中，著名學府找上門來。

他讀的是核子工程，研究的是凝聚態物理，卻陰差陽錯摸進華爾街。不過並沒有摸錯門路，不久即以自創的兩個程式操控公司的投資運作，再不久即擢升為掌管全亞太地區股票市場的高級董事總經理，屢為各投行創下破紀錄的利潤。

所以，堅仔絕對稱得上「高、大、上」！

他還有個幸福美滿的家庭，妻子秀雅，女兒聰穎，父母健在，有空就全家周遊列國，是妻女們的良師益友，父母親的精神和生活柱石。

那麼他摸進寫作界，是否又是陰差陽錯呢？

他十二歲移民美國小鎮，自此與中文脱節，直至我多年後重新執筆，才開始接觸中文讀物，我的作品可說是他的範本。但他顯然青出於藍，文章寫得比我好，這不能不說是奇蹟！尤其難能可貴的是，所有作品都是先用英文起草，然後用漢語拼音翻釋成中文，而且速度奇快，一篇千字文，通常三、四十分鐘即可完成，這其實也是個奇蹟！

是一首懷舊歌曲，意外地為這個不大懂中文的「假香港人」唱出奇蹟，使他由科學家、銀行家搖身一變成中文寫作家。《舊歌新唱》是他的處女作、首篇散文的標題，用作書名尤有寓意。全書共分「茶濃飯香」、「香港情結」、「倚欄回首」、「樂在其中」四輯。堅仔見多識廣，幽默風趣，隨手撿起一件小事，也能娓娓道來，讓人擊節稱賞。

讀過《首位縱橫華爾街的華人核子博士：我在所羅門兄弟的歲月》的人，無不撫掌叫好的。口述者 Trader 堅，就是堅仔，雖然由我執筆，但基本上是照本宣科，原汁原味，如果他當時不是太忙，大可自己用漢語拼音敲打出來。聽說現正準備充實內容，發行電子版，敬請讀者朋友們拭目以待。

我謹在此為《舊歌新唱》鼓掌喝彩！

古冬

自序：憶往迎新

也許受了嫲嫲的影響，我雖不是教徒，卻十分迷信，常被一起研究物理的邏輯派同學取笑。因為我生命中每一個轉捩點，都像冥冥中有所主宰，可遇不可求，更無須預早安排。

人生第一大轉變，是我十二歲那年，剛唸完中一上學期，便從香港移民美國。要是早一點，可能會把中文完全忘記；而遲一點，又將難以融入美國文化。事實上到了美國後，即與中文完全脫節，只有在家時與父母作簡單交流。假如當年我說將來會用中文寫作，一定令人捧腹，好比說我這只有五尺二的矮仔，要去NBA打球一樣可笑。

我自小立志做科學家，對數學與物理特別有興趣，也算有點天份，很年輕便順利從大學和研究院畢業。一心以為會做教授或進研究學院工作，沒料聽了一個由投資銀行打來的電話，立即扭轉航向，忽然從科學界的象牙塔闖向華爾街的交易場。

這是我人生第二個轉捩點，從此不能自拔。

華爾街是個不見血的殺戮戰場。我在不同證券交易部門當了二十多年主管，天天身先士卒，火拼搏殺。不過生活多姿多采，從無冷場。其間所見種種光怪陸離的景象，以及跌宕起伏的人生，期望有一天能在另一個平台，再與朋友們分享。

到華爾街工作不久，即說服在餐館勞苦多年的爸爸提早退休，多點享受辛苦掙來的成果。畢竟他是著名學府出身的作家，為了我和哥哥的前途，不惜犧牲自己的事業和志趣，移民來美，終日在煙燻火燎中討生活，委實難為了他。我提議他重新執筆，把我們在美生活的酸甜苦辣、喜怒哀樂寫出來，與其他移民同胞共同分享。果然，他風趣幽默的生花妙筆，很快得到報刊編輯和廣大讀者的歡迎和好評。隨後出了多本文集，得獎無數，並當了北美洛杉磯華文作家協會會長、世界華人文化藝術交流中心副主席，受到人們的尊敬和愛戴。

滿以為，我會在紐約安家落戶，不料公司突然派我到東京和香港發展。這是我人生第三大轉捩點，移民海外多年後重歸故里，真是喜出望外。而更重要的是，我在這裏與一位美麗賢善的香港女子結了婚，為生命旅程找到好夥伴。此事也令爸媽十分開心，因為他們非常守舊，而我唸書時所識的女朋友，多是金髮碧眼的美國人，無法與他們溝通。

記得婚後最初兩年，太太常笑我不會說中文，是個假香港人。怎麼可能呢？廣東話是我的母語，而且說了十多年了呀！直至有天聽到自己在電話錄音機裏的留言，才知道有些發音確實不準確。自此除了盡量講粵語，還學普通話，並試着用漢語拼音給親友們寫短訊，不懂的就請教Google Translate，藉此練寫中文。

當然，我是爸爸最忠實的粉絲，並常常一起回憶，討論有何故事值得一寫。雖然我讀的是理科，對文學本無興趣，但接觸多了，中文閱讀能力漸漸提高，興致也來了。

二〇一七年某天，與爸爸閒聊中提到一首舊歌，忽然靈機一動，問他可否把它寫成懷舊小品？他鼓勵我試試，但我習慣用英文思考，中文還不足以表達我的意思，於是用英文起草，然後用漢語拼音翻譯成中文。興沖沖把它寄去《世界日報》，以為可以給太太一個驚喜，證明我不是文盲，誰知大失所望，稿子很快被刷屏！

請教老爸，他說寫小品不同寫論文，要多說感覺、感受，少說數據、道理。茅塞頓開，再接再厲。果爾，二〇一七年四月一日愚人節，同名異貌的處「男」作《舊歌新唱》終於爬上報紙邊角！

得到了鼓勵，在紙上夢遊成了我減壓的新法寶。而最大的得着，是趁着父親尚有精力，可向他學習中文寫作。試想一名僅有初一程度的假香港人，如果背後沒有高人指點，何來本事在愚人節之後，仍能登上大雅之堂，為作家們當啦啦隊員呢？

世事瞬息萬變，尤其到了互聯網時代，兒時許多物貌景色、習俗鄉規多被遺忘。所以自《舊歌新唱》發表後，一為自學與自娛，二想為自己的行止留下點印記，試以香港人和美國人的雙重視角與現代思維，將多年來在時代更替、中西文化碰撞中印象較深的閒趣逸事記錄下來。轉眼三、四年過去，透過字裏行間，既感受到喜悅與寬慰，亦不無感慨和惋惜。現將這些小故事結集成冊，望能博您一笑，也好隨時提醒自己：明天是個未知數，要以愉快的心情和樂觀的態度，迎接下一個轉捩點與未來命運的安排！

堅　仔

目次

輯一　茶濃飯香

輯二　香港情結

輯三 倚欄回首

輯四 樂在其中

輯一

茶濃飯香

難覓的家鄉味

二〇二〇年夏天，香港政府規定，在新冠肺炎疫情下從美國回來，需自費在酒店隔離十四天方可回家。在這兩週中，我們常用手機 App 叫外賣。有天，太太叫來一碗生滾皮蛋豬肚粥，味道極佳，令我想起搬回香港之前，每次出差到香港，一定要上羅富記或新釗記吃碗熱騰騰的生滾粥。

在我成長的美國小鎮，沒有正宗的中國餐館，只有以老外為對象的「雜碎店」，想吃點較像樣的香港菜，要到三小時車程外的芝加哥唐人街，可是爸爸每年只帶我們去一、兩次，因而常常懷念香港的美食。

後來在紐約華爾街工作，如果有老外朋友到訪，必帶他們到唐人街食頓「正宗」中國菜，嚐嚐我們的海蜇、熏蹄、鴨舌，仙掌（去了骨的鳳爪）等令他們難忘的「exotic」異國奇食有多美味。

但是可惜，我在美國多年，吃遍不同的唐人街，即使在號稱「正宗」的香港菜館，也總覺得不是「這個味」。尤其我最喜歡吃的四道美食：粥、雲吞麵、清蒸石斑和乳豬，無論紐約、波士頓、芝加哥、洛杉磯或三藩市，都難覓真正的「香港味」、「家鄉味」。

香糯綿滑是我們對粥的基本要求；而雲吞麵的湯底、皮餡與麵的質地和口感，則另有一番要求與講究。奈何美國罕有粥麵專門店，粥與雲吞麵僅是中式餐館聊備一格，以一慰港人的鄉愁而已，可謂先天不足，不能與香港的粥品店與「雲吞麵世家」如麥奀記、何洪記、黃枝記、池記等相提並論。

至於魚，記得小時候最愛吃紅衫，媽媽幾乎隔天就做一次。可能吃得多了，後來聞到魚味都要退避三舍，連親友結婚盛宴中的清蒸石斑，也要媽媽「打賞」一塊錢才肯吃一口。

移民美國後才知道，原來香港的清蒸石斑，海外的廚師無論如何竭力「依法炮製」，都做不出香港獨有的風味，就連鯉魚門或西貢魚灣任何一家食肆，都遠比美國唐人街最貴最出名的餐館做得好食。

還有我小時的至愛乳豬，即使隨意在某燒臘店買個外賣飯盒，那香脆美味，也是美國任何城市都吃不到的。這應不是燒烤師傅的問題，而是貨源問題。因為美國

福臨門的手撕乳豬

根本沒有像香港這麼小的豬仔供應，這裏的所謂乳豬，都是香港的「中豬」了。

近年乳豬的吃法也許受了北京烤鴨的影響，比我年少時多了些花樣。如香格里拉的夏宮，僅取鬆化的乳豬片皮，夾着麵包薄餅一起品嚐，沒有肉，雖美味但卻有點浪費。相比之下，福臨門的手撕乳豬更具特色，食了片皮後，那香噴細嫩的乳豬肉，再由侍應用手細心撕出來，格外可口。

當年很多在港的朋友和同事笑我「老土」，每次回來總是粥、雲吞麵、石斑魚和乳豬，百吃不厭。不僅如此，有時即使一碟餐前小菜，我都吃得津津有味。其實這會兒我是在追憶和感受那久違的味覺享受，就像終於尋獲失落多年的至寶一樣興奮莫名。他們可能不了解，兒時的感官記憶，一如「母親的味道」，最是難忘。因為這種感受，對於沒有長時間離開過香港的朋友來說，是不易體會的。

慶幸近年坊間出現不少懷舊食店，也許是敏感的創業者觸摸到我們這些老古董的情懷了！

港式西餐

上世紀八十年代以前，美國的中國餐館全是雜碎店，我的美國同學所喜愛的中國料理，多是華僑專為美國人而創的所謂「中國菜」，在香港和內地都找不到。同樣地，香港人發明了很多港式西餐西飲，也是老外們聞所未聞，在西方根本沒有的。英屬後的香港本來不缺西餐，但一直非常昂貴，主要供應富裕的外國官商享用，普羅大眾無福消受。二戰之後，開始出現一些中西合璧的豉油西餐，價錢和口味都較適合香港街坊，後來又經不斷改良和豐富，終於蔚然成風，「港式西餐」之名不脛而走。

有些港式西餐的來由，年少時覺得有點撲朔迷離。如我愛吃的免治牛肉飯，以為是取名於歐洲一個名叫免治的浪漫之都，多年後才發覺，免治只是minced（剁碎）的翻譯。又如美味的「瑞士雞翼」，並非瑞士特產，聽說是因為聽錯sweet（甜）以為是Swiss（瑞士）的緣故，其實是本土貨。

當然也有些菜式來自西餐，如英國的火腿蛋治、德國的香腸、美國的牛扒、俄羅斯的羅宋湯等。至於火腿通粉、餐蛋麵、豬排包、沙爹牛丁等，就有點三不像。而紙包蛋糕、椰撻、蛋撻、雞尾包、菠蘿油等，則是自成一格了。

至於我的摯愛港式西多，確是由歐美的 French Toast 演變而成。但其獨特的製作方法：把兩片方包疊在一起，中間夾些香口的花生醬，然後經過浸泡蛋醬和油炸，那厚厚的金黃色賣相已相當吸引人，再抹上大量牛油、楓糖漿、巧克力漿或煉奶，絕對是加進了香港基因的美食。

港式西餐的另一特色，是伴餐的「西飲」花式同樣繁多。除了有英國人喝的紅茶，可加糖、鮮奶、煉奶、淡奶或檸檬外，茶餐廳的招牌貨，則是師傅們把多種粗幼不同的茶葉撈起，再經不同焗、撞、吊步驟炮製出來的香濃幼滑、色澤金黃、遠近馳名的「港式奶茶」。

老外愛喝的咖啡當然也受歡迎，不過花樣更多，如可加煉奶或淡奶（啡走）甚至檸檬（檸啡）。更特別是在被視為性「熱」的咖啡中溝入一半「涼」的紅茶，即成了溫和平衡、不寒不燥的「鴛鴦」。而好立克加阿華田，則是兒童們所喜愛的小鴛鴦。

在茶餐廳高峰期的七十年代，是可口可樂的天下。不過很多年長的香港人不大習慣喝凍飲品，怕會傷身，引致咳嗽。聰明的香港師傅就把可樂煮熱，還加進薑或檸檬，變成了熱檸樂和熱薑檸樂的另類飲品。其他流行的熱飲還有檸水、檸蜜、西洋菜蜜、鹹柑桔蜜、牛肉汁、滾水蛋、奶水蛋、杏仁霜等等。

但年輕一輩還是比較喜歡冷飲。移民前我哥最愛灣仔波士頓餐廳的菠蘿冰，我則最愛雜果冰。其他的冷飲除了樽裝汽水外，還有檸檬利賓納、雜果賓治、忌廉溝鮮奶、雪糕可樂、鹹檸七、凍檸啡、紅豆冰、綠豆冰等。這些充滿香港特色的冷、熱「西飲」，都是經過香港師傅們的大膽創新和改良的。

早期的美國中餐，已逐漸被正宗中國料理取而代之，近年已不易嘗到昔日美國雜碎和 eggroll 的味道。而香港人所發明的港式西餐，由於一直在中西融合、貧富差距中發揮着紓緩的作用，早已深入人心。

現在香港人富裕了，今天到半島酒店飲過英式下午茶，到星級餐廳享受了頂級牛扒，明天仍會光顧平、靚、正的西多和港式奶茶，吃港式西餐。這種獨特的餐飲早已融入香港人的生活中，絕不會像芙蓉蛋、蘑菇雞片一般，被「正宗」的西餐所取替。

美味的港式西多

車仔麵

在今屆（二〇二〇年）奧斯卡金像獎贏得最佳電影的韓國影片《上流寄生族》，無意中為「拉冬麵」掀起了熱潮。戲中富裕媽媽打電話叫工人準備一碗「和牛拉冬麵」給她兒子，工人們一時亂了手腳，將兩種便宜的即食麵混在一起。翻譯員在英文字幕上，把這碗麵譯作「RamDon」，即 Ramen（拉麵）和 Udon（烏冬）的混合，不料竟人氣爆棚，一夜之間成了風靡全球的嶄新韓國料理。

戲中的和牛拉冬麵，反映出上等人隨便一碗廉價即食麵，也可以吃得很奢侈，有如昔日香港「大時代」時期的魚翅撈飯。不過我看到 RamDon 麵時，並沒有想起當年的魚翅撈飯，而是想起又平又好味的百搭車仔麵。

記得九十年代從美國搬回香港時，見到不少小食店在賣車仔麵。當時不知車仔麵為何物，只是每次路經店前，都被那股撲鼻而來的香味弄得食指大動。有天終於禁不住進去吃了一大碗，才知原來是小時候路邊推着車仔叫賣的小食，如咖喱魚蛋、豬皮、牛腩蘿蔔、魷魚等等，然後把這些配料加在麵條上。因靈感來自當年那些在街邊走賣的小販車仔，故叫車仔麵。麵多分粗幼兩款，湯底則有多種不同味道，任君選擇。

我小時候身體虛弱，媽媽從不讓我在路邊買東西吃，怕不衛生。儘管每天放學路經街邊小販時不禁垂涎三尺，卻始終未有機會品嚐一口；至有一天看見小販推着他裝滿「美食」的車仔進公廁「辦公」，才大吃一驚，原來媽媽並非有潔癖，而是真的要小心衛生。從此就算有人請吃這種街邊「美食」，我也不敢嘗試了。

香港早已取締無牌街頭擺賣，但往昔路邊牛雜蘿蔔、咖喱魚蛋的濃香仍不時在人們的腦際迴旋。聰明人把它們搬進店裏，並以充滿懷舊意味、足以令人勾起無限聯想和回憶的「車仔麵」名之。店中一切合乎現代衛生標準，並保持價廉物美的傳統，讓普羅大眾安心地盡情享用。

最近受新型冠狀病毒的影響，如無必要，早、午、晚三餐都在家裏解決，或把飯盒從家帶回公司。但是上班時，途經食肆，如燒臘舖、茶餐廳、水餃店、雲吞麵店，特別是車仔麵店，因已沒有外食多月，不禁心馳神往，很想進去大吃一頓。只可惜「一菌隔天涯」，最後還是走為上着，不禁有點惘然。

電影的影響力真大，一旦賣座，連裏面的道具都走紅；但在新型冠狀病毒影響下，世界停頓，經濟大跌，恐怕和牛拉冬麵已過了它「十五分鐘的成名」。

老實說，韓國拉冬麵走紅時，我有點不服氣，很為香港的小食感到不平。正在憧憬，待「疫」過天青、股票重返牛市後，能否在威靈頓街曾經賣過魚翅撈飯的地方，開家「堅仔鮑魚車仔麵」，爭回一口氣！

吃狗肉

記得移民美國初時，常跟朋友們開玩笑：美國的飲食文化太膚淺，餐桌上常常只有牛、雞、豬幾種基本肉類，許多東西都不敢吃。

他們馬上反駁：你們中國人才恐怖，幾乎凡是會動的生物都可以下肚，甚至連狗都烹來做餸菜，是真的嗎？

爸爸告訴我，他在大陸時確曾吃過狗肉。他說有句俚言：「狗肉滾幾滾，神仙坐不穩！」因為其香無比，令人聞之垂涎，而且壯陽暖身，是男人入冬後最佳的補品。後來遷居香港，爸爸還與同事到新界搞過幾次「三六」大食會（三六後面是九，廣東話「九」與「狗」同音）。

其實香港早在上世紀五十年代已禁止屠狗，只是執法不嚴，直至七、八十年代，在新界的粉嶺、上水、元朗、荃灣等地，仍有專門飼養唐狗的「農場」，暗地向好此道者提供狗隻。

還記得我十歲那年深秋一個週末，爸媽、哥哥、舅父母等一行數人一同去新界「旅行」，其實就是去吃狗肉。

我因為暈車浪，和嫲嫲留在家裏，所以到我移民美國時，全家就只有我一人還不知「香肉」何味，無奈地把「吃狗肉」列入了我的「桶列表」（bucketlist）上。

但是朋友們仍在責問，你們不覺得吃狗肉是多麼殘忍嗎？

我說，其實殺害任何動物都是非常殘忍，見過的人可能不敢再吃，你們天天大塊牛扒豬扒，只怕是「眼不見為淨」而已。

至今中國某地每年還有狗肉節，但並非只有中國人才吃狗肉。一九九八年韓國舉辦奧林匹克世運會時，政府要求首爾的餐館暫時停賣狗肉，以免影響國家形象，世人才知道韓國人也消化了不少狗狗！

不過後來我到首爾公幹，卻沒有聽說過哪裏有狗肉吃。原來除了一些老人，年輕一代的都不吃了，所以供應狗肉的餐館愈來愈少。

我想這倒好，狗狗是人類最好的朋友，把牠宰了來吃，確是太殘忍太不應該。不料有位韓國同事誤會了我的意思，有意讓我「見識」一下，把我帶到一家歷史悠久，通常只有高官巨賈才光顧的狗肉餐館，吃了一頓全狗午宴。

此餐館位於首爾較靜的一角，是座獨立屋。沒有見到餐牌，只聞友人在點菜。先上來的是補身湯（bo sin tang），即用狗肉燉了很久的湯，有點像我國北方的羊肉湯，帶點羶味，不算好吃。

再來是 gaegogi jeongol，應可譯為燜狗肉火鍋，可惜放了太多蔬菜和調味品，有點喧賓奪主，並無特色。

壓軸的叫狗水肉（gaesuyuk），盤頭簡單而整齊，頗像上海的紅燒肉，每塊肉上面都有層肥厚的皮，啖之甘香濃郁，很有層次感，方才恍然大悟，狗肉之所以叫香肉！

至此，我可以把「吃狗肉」一項在我的桶列表上劃去。但是這樣的經驗，就跟笨豬跳一樣，有過一次便足夠。

隨着時代的轉變，大家開始注意環保、保育與動物的權益，如日本人對鯨魚的狩獵，中國人對魚翅的嗜好，女人對貂皮的喜愛，都惹來愈來愈大的爭議。相信終有一天，人們會自動自覺，好好看待人類最好的朋友狗狗與所有小動物。

奶茶香四國

香港是中西文化的交匯點。上世紀六、七十年代以賣港式西餐為主的冰室和茶餐廳，如雨後春筍般出現，港式奶茶就是那時脫穎而出，成為中西融合飲品的代表作。

記得我第一次跟爸爸上茶餐廳吃西餐，伴餐的就是港式奶茶。我覺得這種加了糖和奶的茶很新奇，甜甜滑滑的，跟在茶樓所飲的普洱、壽眉很不同。據說簡單的港式奶茶只需大半杯紅茶加適量煉乳便可，但較講究的如絲襪奶茶，則須經多次過濾慢慢的「拖」出來，而非沖出來的。

移民美國後，發覺美國人多喜歡喝咖啡，自此我也少喝茶了。其實我對茶一竅不通，記得唸書時有次到酒店參加講座，見桌上除了咖啡之外，還有大壺西茶、檸檬片、方糖和牛奶。我初見世，決定泡杯材料齊全的西茶給自己提提神。先在杯茶裏放幾片檸檬，再加糖和奶，不料馬上出洋相。原來奶加入檸檬後會產生化學作用，杯裏的茶立即變成日式味噌湯，弄得好不尷尬！

九十年代我回香港工作，重新發現港式奶茶的美味，每到下午三時許，總要到「大家樂」啖一杯，為自己充充電。偶爾也會帶女朋友去半島酒店喝英式下午茶，但英式下午茶的重點是精緻的司康餅與小三文治，奶茶則多用印度出產的紅茶沖泡，僅屬配角。不過在弦樂輕奏的高雅氛圍中，別有一番風味，所以每次有機會去倫敦出差，我都盡量抽時間去品嚐一下正宗的英式下午茶。

後來我搬去日本工作，剛到東京時，就有人告訴我那裏的皇家奶茶特別香。有天與朋友到帝國酒店的咖啡室聊天，見旁邊的女士正喝着奶茶，以為就是皇家奶茶，便也叫了一杯。豈料侍應説，很抱歉，他們沒有那種茶，女士喝的只是普通奶茶而已。因為我的日文有限，只好問朋友兩種奶茶有何不同？誰知他也不清楚，只説皇家奶茶也許就是根據英女皇所喜歡的方法沖泡出來的！

因公事有機會去了幾次印度孟買，開會時總有兩位印度姑娘泡好印度奶茶款待我們。這種奶茶特別香濃，既有日本皇家奶茶的厚重奶味，又有港式奶茶的細滑香甜，是我每次去印度時最期待的飲品。後來跟幾位印度同事聊起此事，才知道他們身在香港，最懷念的就是老家的奶茶！他們還告訴我，印度奶茶之所以特別香濃，

左：君悅酒店 Tiffin 茶園下午茶的「主角」；右：獨特的港式奶茶與煮印度茶和英式奶茶常用的茶葉。

秘訣在於泡茶時，奶和茶葉要一同煮，才可以得到最佳的效果。

後來我發現，原來日本的皇家奶茶跟英國皇室完全無關，只是立頓茶公司六十年代在日本推銷產品時，想出來的宣傳伎倆而已。其炮製的方法，其實與印度奶茶大同小異，就是將茶葉、奶和水一同沖泡，所以味道格外醇厚。

港式奶茶風行世界，凡有華人聚居的地方幾乎都有；日本的皇家奶茶在日本以外，恐怕就難找到了。不過假如你想試試，我倒有個快速的方法：把半杯全脂奶微波約分半鐘，至奶剛熱而又未沸騰時，加入自己喜歡的紅茶包，再微波半分鐘，然後倒入大約三分之一杯熱水與適量糖，即大功告成。做法雖不正宗，更不是英國皇室御准的泡方，但勝在方便快捷，奶味又分外濃郁，相信英女皇也會喜歡！

糭子與我

提到端午節，我就想起小時候的情景：一邊坐在電視機前看龍舟競賽，一邊吃着嫲嫲裹的美味糭子，一邊想屈原死了這麼久，相信再也沒有人把糭子扔進江河裏去了吧？

糭子不易做，既費柴火時間，又需大量材料，所以除了茶樓、餅家偶有供應之外，一般人家通常要到農曆五月才會做來應節，故又名叫「五月糭」。不過對於我來說卻是主要食糧之一，因為它伴隨了我大半生。

記得從五、六歲起，每年見到嫲嫲包糭子，就跟哥哥每人拿張膠櫈仔，分坐她兩旁「幫忙」。

面前擺着兩大盆糯米，一盆白色，一盆淺黃色，以及一大堆洗乾淨的竹葉和餡料。白糯米用來裹鹹糭，配料有肥豬肉、鹹蛋黃、栗子、花生、蝦米、臘腸、瑤柱等等。待嫲嫲將兩片糭葉摺成斗狀，放進些白糯米，我和哥哥就爭先恐後把配料加進去，嫲嫲再稍加調理，包裹起來，用繩子綁實，就完成一隻。

而淺黃色那盆，則是加了鹼水的糯米，用來做鹼水糉。餡料倒簡單，有時是蓮蓉，有時是豆沙，再不然僅放一條小小的紅木芯就可以。我和哥爭着「幫忙」，卻不爭食，因為我喜歡吃白糉，他喜歡吃鹼水糉。

後來移民到美國中西部小鎮，嫲嫲未能同來，爸媽又忙於餐館工作，便遠離了糉香。及至兩年之後，知道芝加哥的唐人街不僅有豐富的唐貨供應，還有裹糉用的竹葉和餡料。於是不畏勞頓，哪怕遠在數百哩外，每到四月天氣回暖，總要全家開車去一趟。原來媽媽也是裹糉達人，自此冰箱裏就不乏好味的糉子了。

因為爸媽都要返工，不能給我們做飯，媽媽就裹了很多糉子放在冰箱。很多個懶洋洋的週末，哥哥和我懶得動手做飯，便從冰箱裏拿兩隻出來，放在水煲裏煮熱，再加點醬油，就是一頓豐富的午餐了。

多年後進了大學和研究院，甚至畢業後到紐約工作，廚房裏除了有即食麵，冰箱裏仍少不了糉子。因為每次假期回家，媽媽都為我裹了大量糉子，塞滿一大保鮮袋讓我捎走，確保冰箱裏永遠有「存貨」。因而在這段十多年單身歲月中，五月糉不單是應節品，更是我一年四季週末的食糧。

媽媽的糉子

後來去了日本，結婚生兒，家務聘請了傭人打理，再沒有積「餸」防飢的必要。然而每次回老家，媽媽仍會為我裹好百吃不厭的餸子，我會多吃幾隻，但就無須帶回家作存貨了。此後便再次遠離了餸香。

去年暑假，一家四口回洛城老家探望爸媽。後來兩個女兒到不同地方參與活動，太太也跟隨妹妹到處奔波，僅我一人飛回香港。臨走前，媽媽還是準備了二十多條我愛吃的糯米餸，讓我帶回家。

熱鬧的家庭忽然清靜下來，很不習慣。尤其是週末，獨自坐在餐桌前，一邊聽八十年代的金曲，一邊吃媽媽做的美味餸子，不由想起往事，一時恍如時光倒流，重返數十年前積「餸」防飢的單身時代。歲月匆匆，餸香依舊，只覺得有股暖流在體內緩緩流淌。

吃火雞

每年天氣漸漸轉涼時，美國人就開始忙着過節：萬聖節、感恩節、聖誕節，三、四個大節接踵而至。初到美國時，除了聖誕節之外，我對其他節日都很陌生，只知道有假放而已。

不過慢慢地，我開始愛上了感恩節，又名火雞節。也許因為十一月的天氣乾爽舒適，加上遍地紅葉的美景，以及有我的最愛——整隻甘香肥美的烤火雞吧！

美國人很開放，唯獨對飲食甚為保守，肉類中連鴨、鵝都視為異國怪食，只有雞、牛、豬三種永遠吃不厭。而最拿手的，當推烤火雞，幾乎人人會做，每逢火雞節和聖誕節，一定烤隻大大的來宴請親朋。這種情景在香港從未見過，所以當我第一次看見整隻的烤火雞，不禁垂涎欲滴。

活火雞在年少時倒曾見過，是在香港賽西湖附近一戶人家的院前，還覺得比後來在美國所見的更大更漂亮。不過當年香港的餐館並無火雞供應，想吃就要等到聖

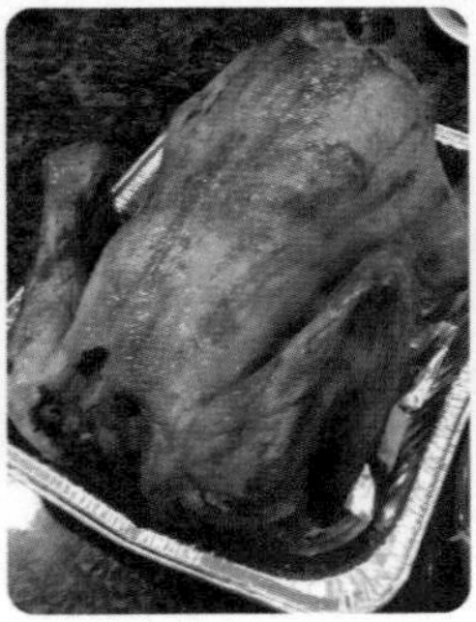

家中一年一度的火雞節大食會

誕節，才有少數餐廳在聖誕大餐中有火雞餐。我好像也吃過兩次，只有薄薄的兩片，配菜大過主餐，食而不知其味。

印象最深是踏入美國的第一天。從香港移民飛經西雅圖時，因海關手續耽誤，未能及時轉機，要在機場停留大半天，被安排到機場飯堂進食。一行數人，只有我和哥哥懂點英文，理所當然由兩個小鬼點餐。但我們在香港只唸到初中，除了偶爾和學校的神父交談過幾句外，正式跟外國人講英語還是第一次。一來不懂，二來心慌，全靠牆上的圖片餐牌，加上手勢，糊裏糊塗點了幾款式樣不同的套餐，其中兩款就是火雞加薯蓉滷肉汁。可是味道怪怪的，大家也都吃不下去，算是失敗了。

後來進了中學，飯堂常備這道火雞薯蓉滷肉汁，方知是加工肉製品，而不是新鮮火雞肉，不過吃着吃着，不但習慣了，而且開始喜歡上它了。

上了大學，火雞節皆為一連四天的長週末，我都回家與家人團聚，火雞節漸漸取替了春節的位置，變成我們在美國家庭團聚的大節日。

九十年代初我搬回香港工作，當時還沒有多少人慶祝火雞節。當我聽說有位同事想在家裏開火雞節大食會時，不禁食指大動，很想吃頓火雞餐。可是找遍港九所有餐廳，竟無一家有火雞餐供應，僅萬豪酒店的自助晚餐中有一盤烤火雞，於是立刻聯絡公司所有從美國來的同事，在火雞節晚上一同去萬豪吃自助餐慶祝。並從那次開始，成了我個人的慣例，每逢這個節日，都邀請一些親友和同事去吃頓火雞大餐。後來去了東京，也是一樣。

漸漸，港日兩地的餐廳，每近火雞節，都有火雞大餐供應了，要請客也就比較好辦了。

有了孩子之後，出外用餐不便，開始從餐廳或美國會所訂購火雞回來，在家裏搞大食會。後來太太學會自烤火雞，加上她和女傭幾道拿手好菜，在家宴客就更為便利和熱鬧了。

火雞節不是一個宗教的假日，我也不是信徒，但我會感恩。每到這個節日的晚上，總會虔誠地向着天空，說聲多謝，讓我得以繼續與家人和好友，一同健健康康、開開心心地共享這美好的一天，感受這家庭與友誼的溫暖！

現在，我終於深切了解感恩節的真諦。

聖誕大餐

大女兒去年聖誕在申請美國大學，需要利用假期填寫入學申請表格不便出門，所以我們一家自從多年前搬回香港居住之後，第一次留在香港過聖誕節。

雖然香港不算一個天主教或基督教城市，聖誕的氣氛卻非常濃厚，人人在忙於為親人和朋友選購聖誕禮物，到處聽到學生唱詩班在唱聖詩，各商店和購物中心，更不停播放聖誕歌，和掛上色彩繽紛的裝飾。

特別是中環和尖沙咀的大廈，燈飾之輝煌華麗，為維港兩岸增添了不少節日的喜氣，是我所見這麼多大城市中最美麗的一個。

香港人過時過節，必定吃頓豐富的晚宴，平安夜的聖誕大餐，尤其不可或缺，各大酒店餐廳，都提早幾個月開始訂座。

我不甘後人，早早便在至愛的牛排餐館訂了一桌，讓一家人開開心心享受一頓聖誕盛宴。

駕車去金鐘赴宴時，路經灣仔軒尼詩道和電車路交滙處，忽然想起小時候街角有間叫紅磚屋的西餐廳（似為海軍會所），每年平安夜爸媽都帶我和哥哥去吃聖誕大餐。

雖然那時的「聖誕大餐」可能很簡單，記得有西湯、麵包、頭盤、沙律，火雞肉及壓軸的甜品和一份小禮物。但我們非常興奮，聽着悅耳的聖誕歌，覺得那是世界上最好味最特別的大餐了。

移居美國後，發覺美國的餐館在平安夜不但沒有聖誕大餐供應，而且大都關門或早收。

原來美國人過平安夜，跟我們過冬或春節差不多，大家都長途跋涉趕回老家與家人團聚。而所謂聖誕大餐，就如我們的團年飯，極為豐盛，不過不是上餐館吃，而是在家裏吃，主餐是整隻美味的火雞，並且還要由一家之主操刀，切成一片片給大家分享，與香港的大公司春節團拜，由老闆切開整隻燒豬的儀式有點相似。

膳後，香港人會去街上看燈飾，美國的教徒就去教堂參加午夜彌撒。於是我就想，香港的聖誕大餐是否餐飲業界想出來的噱頭，乘機大賺一筆呢？因為平安夜在西方，根本沒有舉家出去吃聖誕大餐的習慣。

香港中環的大聖誕樹

我曾在日本工作多年，發覺這個非基督教國家對聖誕又有它獨特的傳統。和香港一樣，平安夜大多西餐廳都只供應聖誕套餐，不過對象並不是一般家庭，而是情侶。這一夜被視為全年最浪漫的一夜，相等於西方的情人節，是情侶們的大日子；很多酒店也都一早被預訂爆滿。

近十年來，每年的平安夜，我都是與家人一起在北海道滑雪場的餐館度過。去年留在香港，別有一番情趣。因為大女已在美國的大學讀書，今年的聖誕，很期待她回港團聚，和去年一樣，一家人快快樂樂吃一頓聖誕大餐！

童年的春節

節日日趨商業化，很多農曆新年的傳統習俗，漸漸被新時代的風氣所取替。例如登門拜年改在茶樓團拜，「利是」改在手機以電子紅包收支，甚至索性一走了之，跑到外國去「避年」，因而街上再也不見人來人往、穿紅着綠、大籃小籃的熱鬧情景。幸好我媽媽非常守舊，就算搬到美國後，每逢春節將臨，都會親手做幾款節慶美食，令滿屋生香，使我不由想起孩童時代在香港過年吃之不盡的家庭美味小食。

記得從大掃除後第二天起，嫲嫲就開始點燈換盞，每天早晚都在地主公和祖先神位前上香，令客廳整天有股香燭的芬香。與此同時，海味臘味、糖果生果等「年貨」，也一袋袋從街市搬回來，令我每天放學回家，都聞到陣陣春節獨有「年味」。

愈近歲晚，媽媽和嫲嫲就愈忙。發糕、油糍、酥角……逐一出爐，都是各具特色、別有風味的美食。我和哥哥總是坐在一旁，除了吃，還盡可能找機會「幫手」，一來覺得好玩，二來是想藉機拖延做功課的時間。

每一種糕點都有其特定寓意。

如我的至愛油炸角，又名酥角，就代表「蔪露頭角、出人頭地」的意思。做法好像並不複雜，但要做得鬆化甘香，就需有點真功夫。而我嫲嫲所做的酥角，色澤金黃，模樣飽滿又帶稜角，尤其摺口的齒輪，細緻而整齊，就像打印出來似的。雖然餡料只有沙糖、花生碎和椰絲，可是吃起來索索香脆，非街上買來的所能相比。為了「存氣」保持鬆脆，炸好後媽媽就用曲奇盒盛起來，整個正月，真數不清我的小手曾把曲奇盒開了多少次。

糕品就更多，如蘿蔔糕、馬蹄糕、芋頭糕、年糕和雞蛋糕等，都無非取其「步步高陞」、「快高長大」等好意頭。不過也真好吃，尤其是芋頭糕，也不知嫲嫲從哪兒學來的，做得又香又綿，我最愛吃。可惜哥哥不讓我多食，怕吃多了整晚放繽炮（放屁），令他透不過氣來。

至於糍類，款式也不少。圓圓的煎堆，出爐時嫲嫲總會喃喃自語：「煎堆碌碌，金銀滿屋！」而跟着下鍋的，還有糍仔，小拳頭般大小，頂上生筍，炸好後有點像慈菇。因台山人習慣叫小男孩的「小鳥」為慈菇丁或糍仔，故而糍仔就有添丁或連生貴子的意思。當時我就想，媽媽是否還想為我們追個小弟弟呢？

此外還有糯米粉做的「出臍」（糯米糍）、湯丸等等，表示出彩、團圓……總之都是又好味又好彩頭的。

我和哥哥最喜歡看着嫲嫲開麵塘和搓粉，又推又打，好不吃力。這時我們就趁機「幫手」，以練習剛從漫畫書中學來的鐵砂掌，結果每次總是弄得滿身滿臉都是粉，逗得媽媽直瞪眼。

現在老大成家了，太太和我雖不懂親手做這些應節美食，但每年到了歲晚，都會循例買些年糕和糖果擺在案頭，算是壓歲和賀年，好為小家庭增添點年味和喜氣，也給孩子們營造些春節的氣氛，希望她們日後也有充滿美好歡欣「過年」的回憶！

食布非

若想真正吃餐飽的，相信非自助餐莫屬。我指的當然是「任食」那種放題式「布非」。

布非這名詞來源於法文 buffet，意思是指擺在牆邊的便餐桌。古時法國人在大舞會晚宴後，通常會再煮點宵夜放在便餐桌上，誰想吃可隨時自己去取。而英、美所有自助式的進餐模式，即在場人士可隨意在長桌上選取自己喜歡的食物和份量的，都統稱為布非，所以布非亦有「任食」（all you can eat）的意思。

時下香港五星級酒店和會所常見的大型布非，可說均由美國賭城帶起。早在數十年前，賭城尚未成為家庭式旅遊勝地，部份酒店為了吸引顧客，便大搞噱頭，僅以九點九九美元的低價，提供又平又正的超值布非，除了任食，並有 prime rib、蟹鉗和龍蝦等令人難以抗拒的上等食物上桌，從而改變了布非的面貌。

人皆有點貪婪之心，總怕自己吃虧。記得以前每次去吃布非，都是整天不吃東西，有些朋友甚至連前一天的晚飯都免了，餓足一整夜。等到進抵餐館，更是急不可待，未坐定即去找蟹鉗、龍蝦等高檔梠「掃」貨，生怕遲點會被別人搶光。追求物超所值，是理所當然，但若貪得無厭，一下子「掃」一大堆，沒吃多少就倒掉，那是暴殄天物。所以有人説，要想知道一個人的教養，帶他去吃頓布非便一目了然。

隨後，布非就像雨後春筍般在各地興起。為了避免血本無歸，有些老闆將貨就價，也有精明者提出「吃飽不浪費」的口號。記得我在波士頓讀研究院時，每年都會找個週末，約齊三五友儕去紐約玩，並必定幫襯七十二街和 Broadway 間那家「一口價任食」壽司店。對於一群永遠食不飽的年青學子來説，那簡直是美食天堂。但它有個規矩：你盡可開懷大嚼，不過一定要將取來的食物吃清，連壽司裏的剩飯也不例外，否則就須按價逐件加收費用。然而我們總是高估了自己的食量，面對着剩下來的壽司，寧吃過飽也不想再花錢，唯有硬着頭皮逐件往嘴裏塞，做了壽司填鴨才離場。

九十年代我第一次回港工作，恰逢感恩節，想吃火雞。西方時興的東西，香港一定少不了，唯獨感恩節吃火雞，尚未流行。我找遍全香港，方知金鐘萬豪酒店的布非餐廳有供應，於是馬上訂座，並從此愛上了香港酒店的布非餐館。

原來香港各大酒店的布非，價錢雖然比較昂貴，但質量和選擇絲毫不比賭城遜色，不論開胃菜、主餐、甜品，還是即叫即做的現場烹調，應有盡有，可說集各國美食於一方，盡可大快朵頤。

雖然現代人的飲食習慣，暫趨重質而不重量。可是一旦走進布非場，便常忘其所以，因為好吃的東西實在太多，令人眼花繚亂，以致一時亂了方寸，被怕吃虧的心理操控。不過為了健康，我們還是應該約制着點，再餓也只宜「揀飲擇食」，挑選三兩道自己最愛吃的佳餚，優雅地慢慢品嚐，那便不僅值回「任食」的票價，也不失為上五星級酒店「嘆世界」的樂趣了。

環球美食披薩

生活在七十年代的香港時，如你問我，世界上最普遍、最流行的食品是甚麼？我一定會說是炒飯或公仔麵。

移民到美國後，發覺歐美人不太吃飯，而公仔麵則是亞洲人在忙碌時用來充飢的副食品。所以在當時，我覺得世上最普遍、最流行的食品應是漢堡包了。

漢堡包的來源頗具爭議。有人說是由成吉思汗的戰士，把夾在馬鞍下的生牛肉餅帶到歐洲（後來德國的漢堡城）後，漸漸演變而成的；有人卻說是美國快餐連鎖店之父、白色城堡（White Castle）首創，再由麥當勞拓展至全世界的。可是我媽媽移民美國數十載，還不能接受漢堡包；以我旅遊所見，麥當勞也沒有想像中那麼普遍。

移民到美國不久，表哥帶我和哥哥去吃晚餐，這是我們第一次嚐到在香港時還沒有聽說過的「披薩」，從此這新奇的食品就成了我們的至愛。尤其是高中時期，週末和同學們看完電影後，多會到不同的酒吧或遊戲室，邊打桌球或彈珠檯（波子機），邊食比薩和喝可樂。生活在美國樸素的小鎮，功課不多，可玩得盡情盡興，肚子裏又裝滿披薩，快樂無憂的少年時代一晃眼就過去了。

進了大學，每當吃厭了飯堂的東西，大家默認的選擇就是叫披薩。不出二十分鐘，多個美味的大派即送到面前，啤酒一開，就是一個熱鬧歡快的大食會了。數十年過去，如今女兒也讀大學，據說披薩在校園所受的歡迎度有增無減。

意大利文的披薩（Pizza）是派（Pie）的意思，至今在紐約、波士頓等東岸城市，仍有多家近百年歷史的老店做得紅紅火火。而近二三十年興起的，則是以送貨到府為主、門市為輔的連鎖店。倒是紐約街邊的披薩美食車，居然做到海內外聞名，並被列為十大旅遊項目之一，遊客不去那裏吃它一片，不算到過紐約呢！

畢業後，有機會到意大利不同地區嚐不同風味的披薩；後來搬到日本和香港，知道披薩亦早已征服亞洲人的脾胃。若然問我除意大利外最喜歡哪家的披薩？答案卻不在美國，而在東京。

有位熱愛披薩的日本青年，特地跑去比薩的發源地、南意大利的那不勒斯（Naples），誠心向一位大師拜師學藝。多年後，他不但帶回一身做披薩的好手藝，還把那不勒斯人建造木燒披薩火爐專用的磚頭，一塊塊運回東京，在白金台附近做了個能燒出同樣風味的木燒爐子。當你吃着這位帥哥親手炮製的披薩時，真是每一口都能感受到他對工作的熱愛和真誠。

披薩之所以在世界各地愈來愈受歡迎，原因之一是它具有高度的可塑性。派的大小、厚薄、配料等，均可隨意而定，因而不論種族傳統、宗教信仰，皆所歡迎。

我有幾位印度朋友說，披薩已成為印度人主流食品之一，原因是披薩的麵餅與他們常吃的烤餅相似，且披薩餅上的材料可隨意自選，對食素一族十分便利，又適合與朋友和家人分享。的確，有晚我帶一群同事去吃飯，其中有吃素的印度人，有不吃豬肉的回教徒，有只吃 kosher 的猶太徒，甚至有對雞肉和海鮮過敏的患者，卻能歡聚一堂，共同分享幾個不同配料的披薩。所以今天你若問我，世界上最普遍、最受歡迎的食品是甚麼？我可以肯定：是披薩！

話說快餐店

美國人發明快餐，目的是為顧客提供一頓便宜、快捷、不用餐具、甚至不用離開汽車都可以享用的美食。

美國的第一家快餐連鎖店，聽說是一九二九年創立於 Kansas 的白堡壘。雖然在中西部以外不甚流行，不過現在不少美式餐館的前菜牌上，不難見到一款叫 slider（滑仔）的小型漢堡包，那其實就是白堡壘的招牌貨。

白堡壘有個快速的烹煮秘訣：所用的牛肉餅比普通漢堡包為小，又是四方形，可在同一時間鋪上很多塊，節省了空間；同時預先在煎板上鋪滿洋蔥，和在每塊肉餅上打上五個洞，讓肉比較易熟，而無須翻轉再煎，於是整盤香噴熱辣的 sliders 便可特快新鮮出爐。

記得讀大學時，常常拉大隊去白堡壘鬥食，每人至少叫十個八個 sliders，大食的甚至要一、兩打。白堡壘漢堡包俗稱 slider 的原因，就是因為夠小夠膩，差不多可以一口一個，把它「滑」進肚裏去。

但論名氣，麥當勞無疑排第一。它在超過一百個國家開了三萬六千多家店子，對世界「快餐化」的影響有目共睹，其經典之作就是巨無霸配薯條加可樂。不過在不同國家會根據不同需求調整菜單。如在印度，即以素食漢堡包為主。我有位吃素的印度朋友，畢業後第一次出國到紐約公幹，人生路不熟，肚子餓了就上麥當勞解決，想叫一份在孟買常吃的「美國芝士雙層素肉包」。他以為全世界的麥當勞都一樣，豈料麥當勞的老家並無素食漢堡包供應，弄得當值的員工張口結舌，當他開玩笑。

麥當勞之所以如此成功，主要是因為有個歷史更悠久的勁敵 Burger King 漢堡皇，總是把店子開在它對面，就像可樂對百事一樣，令它不得不「打醒精神」。漢堡皇有暢銷的 Whopper，它就出巨無霸和 Quarter Pounder 對抗。不過作為顧客，我們不能不說麥當勞最終是勝利了。它的營銷策略和手法堪稱一流。老一代的人有誰不記得巨無霸的急口令？又有哪位小朋友不喜歡它的 Happy Meal 開心樂園餐？尤其是不時出現一次的限量版小玩具，每次必定風靡全城，男女老幼為了湊足一套，無不爭先恐後一次又一次去排隊光顧。可以說，它是全球小朋友們最喜愛的快餐店。

想不到的是，麥當勞並非最多店舖的連鎖店，因為 Subway 三文治比它多了數千家。而在中國開得最多的，則既非麥當勞，也非 Subway，而是 KFC。

記得早在七十年代，KFC 就曾進軍香港市場。那時 KFC 的中文譯作「家鄉雞」，大概因為 Kentucky 位於美國南方比較「鄉下」之故。初時很受歡迎，常常要排長龍。廚藝精湛的姨媽知道我愛吃，索性「偷師」自行炸之。大家一嚐，味道果然相差無幾，於是皆大歡喜，不時炸一大堆，拉大隊去公園開大食會。

也許因為當時快餐業在香港尚未成形，家鄉雞來得過早，或者像我們一樣，幾塊炸雞只能當點心，還不習慣準餐，因而不久便從市面消失，直至一九八五年，才再以 KFC 之名捲土重來。

美國的快餐店即使未能佔領全世界，肯定已佔領了本國城鎮的大街小巷，不愧為快餐連鎖店的發源地和快餐王國。除了漢堡包與炸雞之外，還有熱狗、披薩、圈餅和墨西哥捲餅等等，包羅萬象，願您口福無邊，肚子常滿啦！

步步糕升

春節又到了！

年少時，春節期間最期待的，當然是收紅包了。但移民外國後，附近沒有太多親友，春節又不是假期，過年的氣氛就遠不如香港了。

多年後搬回香港，角色已經切換，成了派紅包之人。而春節期間最期待的，則是各種各樣「春節限定」的特有美食，如攢盒中的糖蓮子、椰絲與歲晚煎堆等。尤其是蘿蔔糕，一塊塊剛煎出來，香氣撲鼻，令人垂涎；而且象徵步步高升，是年頭歲晚必備的應節食品之一。

蘿蔔糕，是香港四大點心之一，其知名度僅次於蝦餃、燒賣和叉燒包。居住東京時，日本朋友最愛吃我們做的蘿蔔糕，大概用日本的「大根」來做格外可口吧。

平時「飲茶」吃的蘿蔔糕有兩種：除了一塊塊煎出來的，還有熱騰騰一盅盅蒸出來的，軟糯香脆，口感各異，但都層次分明，濃濃的臘味香與淡淡的蘿蔔香總教人百吃不厭。由於廣受歡迎，現在除了傳統的茶樓外，連快餐店的早餐和下午茶套餐都有供應了。

但春節時吃的蘿蔔糕，好像特別好味。記得搬回香港後第一個春節，太太的家人做了一盤給我們，可能做法與選料有所不同，並且是親人親手做的，再加上節慶的緣故，意識上多了一層年味與情味，吃起來感覺份外香甜。

童年在香港時，沒聽說過餐廳、酒店在春節期間會有賀年食品出售。如今可不同了，很多五星級酒店如四季、文華、香格里拉，和各大餐館、餅家如美心、利苑等，都有大量各具特色的新年糕點供應，蘿蔔糕是其中之一。

一為口福，二為彩頭，近年每逢春節，我都大量「入貨」，買回多盤應節糕點，跟早年媽媽做的糭子一樣，把它們「雪藏」起來，以便春節過後，也可在任何一個懶洋洋的週末早上，煎之啖之。

聽到蘿蔔糕在煎鍋上吱吱作響，聞到瀰漫滿屋的美味甘香，端來余均益辣椒醬，再沖壺濃濃的普洱，一頓蘿蔔糕美食大餐即可大快朵頤，無須被「春節限定」了。

輯二

香港情結

懷念啟德機場

七十年代香港興起的移民潮與旅遊熱，令啟德機場成了人們常到的地方。姨媽一家出國，舉家送機；姑丈回港觀光，合府接機。迎送的喧嘩聲、相機的快門聲、飛機的轟隆聲響成一片。

不管接機還是送機，我和哥哥最喜歡走上機場的瞭望台，觀看停在機坪的巨型噴射機：這是泛美的波音珍寶七四七，那是日航的空中巴士！更愛看着這些大鐵鳥隆隆地攀上高空的情景，覺得簡直是奇蹟。

移民美國後，坐飛機的機會多了，為出入方便，多選走廊座位。但是每次飛回香港，還是一定要選窗口位。因為每班航機登陸啟德前，都須在飛抵西九龍上空、離地面只有一千呎時，做一個大右轉，然後從山脈邊緣擠進高樓林立的石屎陣中低飛，才能降落機場。

這時，兩邊的大廈比飛機還要高，機翼幾乎擦着大廈的牆壁。大膽的人會四處張望，想和大樓裏面的人打個招呼；而膽小如鼠的，就只能緊閉着眼睛，把生命交給機師大佬保管了。

但也正因為這種驚心動魄的體驗，令人畢生難忘，而「降落在啟德」更成了世上罕有的旅遊景點。

初回香港工作時，住在西半山，晚上最愛坐在露台，看着飛機魚貫地在燈火燦爛的鬧市中冉冉起落，讚嘆這世上獨一無二的奇觀。

一九九八年赤鱲角機場建成後，移民與旅遊已成常態，人們搭飛機有如搭巴士，迎來送往的事就少見了，啟德機場也漸漸被人遺忘。

過海

天星小輪是香港重要標誌之一，其旅遊景點的地位無可取代，但作為交通工具則僅屬配角而已。可是在有海底隧道之前，渡海小輪卻是貫通港九兩地主要的工具。以前渡海輪有天星和油麻地二家。油麻地小輪的顏色和船形不如天星獨特，可是航線和船隻甚多，香港方面除了可從中環、灣仔、北角前往深水埗、旺角、油麻地、佐敦、紅磡、觀塘之外，還有多條離島航線，是人們過海的主要工具。

七十年代初香港第一個私人屋苑美孚新邨落成，又有了「水上的士」，可快速往返中環和美孚兩地，主要是為該屋邨的上班族而設，卻也方便了住在長沙灣、荔枝角一帶的居民。

渡輪在午夜停航後又怎麼辦呢？不怕，還有「嘩啦嘩啦」，一種輕便的小汽船，原為搬運公司的理貨員與大輪船的海員上船上岸而備，船主收工後再來賺點外快，於是一家便宜兩家着。

渡輪中，天星小輪最具特色。

但自從地鐵及多條海底隧道開通之後，乘坐渡輪的人愈來愈少，除了天星仍保留外，其餘渡輪已先後停業，真令人惋惜。尤其是汽車渡海，我依然不時懷念當年開着「愛快羅密歐」小跑車駛上渡輪的情景。時值黃昏，與女朋友並肩站在汽車旁邊，一邊觀賞太平山上的燈色，一邊任由海風吹拂，不知多麼暢快！可是如今，這種美景再也無法重現了！

電車拖卡

七十年代的香港，多了許多由內地遷來的家庭，人口增長很快，為了適應需要，歷史悠久的電車增設了拖卡。

對於港島的居民和遊客來說，電車是最經濟、最方便的交通工具，也是最具特色的景觀之一；尤其對我而言，拖卡的出現簡直是恩賜。

我年少時容易暈車暈船，只能坐電車和火車。假日有許多地方不能去，爸媽就常常帶我坐火車去沙田玩，上龍華吃乳鴿，上雍雅山房吃晚飯，到填海區學騎自行車，都有無窮樂趣，因而自小就喜歡坐火車。

港島沒有火車。不過電車公司新增的拖卡，我發覺不但比兩層的電車更穩定更易上落，還有坐火車那種「滾隆、滾隆」的感覺，而且一點也不暈車，所以我特別愛坐，有時即使要等，也要等到有拖卡才上。

離開香港十多年後，因公事第一次回來，落腳於文華酒店，離老家不遠。抵達

圖右上角：拖卡雖已消失，懷舊模型尚可在展覽會中攝到。
圖左上和右下：白色最新「空調電車」，你又見過沒有？

時已入夜，還是壓抑不住興奮的心情，放下行李就急不可待，跑去電車站，要坐電車去看看久違的香港夜景，看看故居的變遷。可是等了許久，來往的電車不少，就是不見拖卡的影子，忍不住問身邊一位年輕人，為何拖卡這麼少？豈料甚麼叫拖卡，那人竟莫名其妙。第二天問香港分公司的同事，他們也說從未聽過電車有拖卡這回事。

這回輪到我摸不着頭腦了，電車拖卡，難道只有我一個人在懷念嗎？

街角的士多

幾天前路經筲箕灣時口渴，就到士多店買了樽可樂。喝後才想起，這類型的街坊小店，愈見愈少，多已被無所不在的便利店淘汰了。

記得上小學時，每天下課後，最期待經過家前街角的康寧士多。冬天時，媽媽多會買樽熱騰騰的維他奶給我，為我做功課前充電。夏天就更好，那百寶盒般的冰箱裏，有蓮花杯雪糕、孖條雪條、雪糕批、冰糕條和我的至愛甜筒。

除了這些之外，貨架上還擺滿種種不同的零食，如餅乾、薯片、蝦條、乖乖、三粒糖、吹波糖等；而白箭牌香口膠、嘉頓香蔥雞餅，都是我成長時最愛吃的。

高年班的黃哥就最喜歡甜酸菜，紅的、白的、黃的、綠的整齊地用玻璃瓶盛着，看着就流口水，可惜媽媽不讓我買。聽黃哥說，最好吃是甜酸芥菜，蘸點芥辣，撒些芝麻，真是又甜、又酸、又辣、又香，過癮極了。

除了小孩愛吃的零食，還有汽水、啤酒、香煙等。記得汽水商為了推銷產品，常出噱頭，在汽水蓋裏印上印花或獎分，湊足若干個即可到士多店換取獎品，所以我每次飲汽水，都習慣先撬開蓋內的水松片，期望會中大獎。有見及此，很多士多乾脆自己弄個幸運格子圖，任你選其中一格，轉動後，好彩的會得到一件玩具，至少也有個小氣球作安慰獎。

我家住的大樓佔了街道一邊，另一邊是一排五層高的唐樓，康寧士多就在第一座唐樓的地下。老闆寧叔幾乎認識每一位街坊，跟我們小朋友尤其「老友」，路經時總會打個招呼；有時身上沒有帶錢，他都「通融」，留待下次一起計算。

最令我高興的是，每次大考後，他都送樽汽水或一點新出的糖果給我，作為鼓勵，讓我甜在心裏。所以移民美國多年都沒有忘記他，第一次回港不久就急着往舊居跑，好到他那裏買點零食。但可惜，整排唐樓已變成了一座聳天的高樓，哪裏還有寧叔的蹤影！

不錯，自從有了「七仔」等大財團經營的通宵營業便利店後，香港人的生活方便得多了，隨時隨刻都能買到飲料、食物、雜誌、藥物和家居用品。相對之下，街坊士多店的模式確是過時了。現在大家都在追求高效率嘛，適者生存，說不定有一天，連高效率的便利店也會被更高效率的機器人或速遞網購所取替。

不過，文明社會所應追求的，又豈僅效率而已？我不是說高效率不好，只是覺得若有所失。這麼多年來，我從未跟任何便利店的收銀員聊過天，每次都是一手收貨，一手拍八達通，偶爾看見一個微笑，聽見多一聲例行式的多謝，已經很高興。他們都是財團盡職的員工，我無意也無權要求他們做甚麼。只是有點惋惜，像過往康寧士多寧叔予人的那種溫馨、窩心的人情味，怕是再也難覓了。

報紙檔與我

還記得上次在報攤買報紙是多久之前嗎？近年每天早上，在各地鐵出口，和上班人流較多的街角，都有人在派送《頭條日報》和《晴報》等免費報刊。報紙檔已不易見到，如需其他報紙，可能要去便利店買，但相信買的人不多，大多在手機上閱讀了。

記得小學每天放學，媽媽接我回家途中，總會經過多個報紙檔，常見報販蹲在攤檔旁，大力把一疊疊報紙拍散，再把兩份不同的報紙摺在一起。因為到了下午，晚報很快就出，早上賣剩的報紙要減價促銷，所以買一送一。例如《香港時報》配《天天》，《工商日報》搭《華僑》等。當年有數十家不同的報刊，三毫子可揀一份不同的組合。

我們通常會幫襯回家街口、西餅店前的報攤。可能這位賣報叔叔覺得媽媽漂亮，每天路過，遠遠就向我們打招呼，還常優待買一送三。但我只買《商報》，配甚麼都沒關係，因為很喜歡摺紙，該報有個教摺紙的專欄。

除了報紙，攤檔上還擺滿種種色色的雜誌。最流行的可能是《明報周刊》、《娛樂畫報》等專講明星的「八卦」週刊，與《姊妹》等女人讀物；而《明報月刊》、《南北極》、《爭鳴》等文學與政治性雜誌，通常就只有一些像爸爸這樣的文人才買；至於兒童不宜的《龍虎豹》、《老爺車》等成人雜誌，則眼看手勿動，唯有王澤的《老夫子》和上官小寶的《李小龍》漫畫，才是我的摯愛。

但我印象最深的，卻是莊士敦道龍門茶樓門前那兩個報紙檔，佔地極大，擺賣的報刊很多，生意也最旺。我舅舅和外婆是龍門的常客，舅舅經過時總會順手捎份日報和馬經，跟報販自然熟絡。而我和哥哥因為常跟大人一起去飲茶，大家見得多了，有時他們會叫我們聲弟弟，也算得上是點頭之交了。

暑假期間，媽媽每隔兩三天就帶我和哥哥去見外婆，然後一齊上龍門。平時他們坐地下，幾乎有固定座位，我們來了就要上閣樓，而我和哥哥總是搶先衝上去「霸位」。永遠記得那一天，一九七三年七月一個炎熱的下午，遲到的表哥剛衝上來就說：「李小龍死了你們知不知道？」我和哥哥當他開玩笑，李小龍是當今世上第一號強人，真是龍一般的強壯威猛，哪會突然死去？不知誰說了聲：「去買張報紙看

香港街頭的報紙檔

看！」雖然舅舅很快就到，他一定有報紙，我和哥哥還是迫不及待衝下樓去，但見報攤上滿眼盡是「李小龍」和「突告逝世」幾個大字，可謂怵目驚心，所以提起報紙檔，我就不由想起當年那情景。

「龍門大酒樓」曾是灣仔的地標，可惜十年前已被拆卸重建，變成銀行和高級公寓。而報紙檔，可說是香港街頭獨有的景觀，是香港普羅大眾文化生活的泉源，但也朝不保夕了。

香港人不能沒有茶飲，茶樓當然少不了。而報紙呢？倖存的已不多，報紙檔倒還有數百個，不過聽說多年已沒有再發新牌，持牌人年老後也不會續發，有關部門打算讓它逐漸減少以至自然消失算了。

老實說，在人口膨脹的現代都市中心，太大的攤位確實有礙觀瞻和阻塞交通，早該淘汰。不過每次經過報紙檔，看到矮架上排列整齊的報紙和雜誌，我又會感到有點溫暖，覺得在這日新月異、競爭激烈的社會，還能見到過去的影子，也算難能可貴了。

新舊電影院

日前去戲院看漫威電影《銀河護衛隊2》（*Guardians of the Galaxy Vol.2*），坐下不久就見一名高佬進來。我天生矮小，從前第一個反應一定是「千萬不要坐在我前面！」不過現在不會了，因為大多影院已改用球場式座位，一行比一行高，就算高佬坐在前面也不會阻礙視線。

我自小喜歡看電影，覺得漆黑的影院就像一部神奇的旅行機，能帶人進入一段奇幻的旅程，讓人暫時把所有煩惱拋開。但年少時的電影院和現在有點不同。

我和哥哥長大於七十年代的香港。每次考完試，爸爸總會帶我們去看場電影，作為減壓。最多去灣仔的香港戲院（位於現在的合和中心）或銅鑼灣的翡翠明珠。

當年的戲院只有一幅銀幕，在一定時間內只放映一部戲，主要的宣傳媒介，就是掛在戲院外牆由畫師精心繪畫的巨大海報。只要舉頭一看，那栩栩如生的畫面就告訴你今天放映的是甚麼片。

還記得看見《唐山大兄》（*The Big Boss*）李小龍那標誌性的飛腳，好像要踢倒旁邊的大廈似的，好不厲害，我們立刻就去排隊買票了。

戲院門口和大堂裏，還有幾個櫥窗，分別貼着「即日放映」、「下期放映」和「不日放映」的宣傳圖片，我每天放學經過，多會停下來看看。

電影票價分前座、中座、後座和超等（樓上雅座）四種，買票時要分別到不同窗口排隊劃位。因為當年沒有電腦，座位的安排不可以同時多過一人操作，否則就會亂。記得爸爸通常會說：「唔該，今晚七點半後座四位，要近走道的。」售票員就將座位的號碼，用紅色筆大字寫在戲票上。

每次進戲院，總要撥開一張深紅色又厚又重的絲絨簾，尚未適應頭頂猛然吹下的空調強風，帶位員的手電筒已照亮戲票，態度好的，會帶你到座位旁，但大多只會把光柱一晃，指出座位的所在，你自己摸去好了。

我喜歡早到一點，看完菊花牌乳膠漆和奇華禮餅等廣告後，還可以欣賞下期放映的預告片。

當然心裏總不免有點忐忑，待會千萬不要大殺風景，走來兩個六尺大漢，或梳了爆炸頭的科學怪人坐在我前面才好。

聽爸爸說，大陸的電影院也是這樣。移民美國後，見到的戲院都為多銀幕式的電影中心，無論走進哪一家，都有許多部戲任君選擇。而最大的分別，是自由座位，無須預先劃定。我起初會坐在後方，因為香港後座比前座貴。後來發覺後面看不清楚，就改坐中間。

還有，一部影片不只放映一次，戲院也不理會你逗留多久，如果遲到了，看完可以留下來，待把前面沒有看到的部份看完才走。

此外，露天影院（drive in theatre）也是選擇之一，觀眾把車開進一個特大的室外停車場，每個車位旁邊皆有一條鐵柱，上面掛着一個揚聲器，你可把它拉到自己車上來，然後就等待前面的巨型銀幕放映電影。中學時代，我最愛跟同學們去這種 drive in，一來比較經濟，二來可以自由吃喝聊天，別有一番樂趣。

現在香港的影院還是在買票時自己選座位，不過前後座的價格已統一，電影院也變成電影中心，不再是一座大戲院僅放映一部戲，而是好幾個小戲院同時放映多部戲。戲票和座位皆可以在網上預訂，到戲院時在取票機用信用卡取票即可，方便多了。

雖然現在隨時隨刻，家裏的電視和電腦都可以看到電影，不過這樣看戲會分心，要想認真欣賞一部好片，還是非上戲院不可。現在戲院改良的重點，都放在音響效果和座位設計方面，如果可以坐上「導演室」傾斜座背的大班皮椅，細細品賞，那麼編劇、導演和演員們所付出的心血，就不會白白浪費了。

不過說到底，我還是有點懷舊，尤其是舊式戲院牆上那一幅幅巨大的海報，傳神極了！

北角的皇都戲院，原名璇宮戲院，1997 年結業。屋頂的「飛拱」設計十分奇特，業主新世界集團宣佈將啟動保育計劃，保留這歷史遺物。

山頂餐廳

又見到一家老字號食肆因加租而停業。全球地產最昂貴的香港，每月都見到這類新聞。以前我常跟長輩去「嘆茶」的灣仔電車路地標龍門大酒樓，在數年前也被改建了。但我想，與其惋惜已消失了的菜館，倒不如珍惜少數至今仍然倖存的舊餐廳，如陸羽茶室、蓮香樓、太平館、波士頓餐廳等等。不過我印象最深刻的，還是太平山上「老襯亭」旁的山頂餐廳。

山頂餐廳雖已改名為太平山餐廳，但那典雅的獨立石屋大致上還是和從前一樣。記得少年時，爸媽常帶我和哥哥坐纜車上山頂，欣賞維港的美景，而壓軸好戲就是在山頂餐廳嘆下午茶或食晚飯了。

當年我爸愛好攝影，曾拍下不少「超八米厘」家庭電影。日前拿出來翻看，發現過去即使是假日出遊，爸爸都是西裝革履，媽媽則一身旗袍和高跟鞋，十足《花樣年華》時代的父母，帶着兩個小朋友在山頂餐廳食西餐。

今天的太平山餐廳還保留着數十年來山頂餐廳的外貌

數十年後的今天，我和太太也常帶女兒們去山頂餐廳食晚飯。再過數十年後，希望她們也可以懷着自己的回憶，帶着她們的孩子，繼續來這裏享受這古之情懷。

久違了的痰盂

有天假日，我帶女兒去逛街，路經一家古玩店，順便進去看看。女兒對骨董既不懂也沒興趣，卻對一個頗具特色的繪花瓷器罐子大為欣賞，問我可否買回家種花。我忍住笑告訴她，那不是花盆而是痰盂，並解釋了痰盂的用途，嚇得她慌忙縮手，差點把它摔破。

原來這個曾經是我們這代人不可或缺、廣東人叫作痰罐的日常用具，年輕人不但一無所知，甚至無法想像！

記得七十年代前的香港，大多數平民食肆如大牌檔、茶餐廳、茶樓的餐桌旁，總會有個痰盂；就連美國唐人街的茶樓，也不例外。

痰盂的用途很廣，可說是個千人共用的萬能垃圾桶。因為當年的顧客用餐前，習慣先用熱茶把碗碟匙筷沖洗一下，然後把茶倒進痰盂；而那些吸完了的煙蒂、抹過嘴的紙巾，自然也是隨手一扔，紛紛落進痰盂裏；當然痰盂的主要功能，還是供人吐痰之用。

也不知何故，那個年代的人常會「痰上頸」，「咯—吐！」之聲隨處可聞，此時痰盂就履行它的天職，承接那枝突然而來的「飛標」。

以今天的衛生水準來說，此話簡直有如天方夜譚，但當年的情景確實如此，如無痰盂「勇挑重擔」，衛生環境將不堪設想。

聞說痰盂在中國的普遍化，是自解放後漸漸開始的。為了改善公共衛生，預防肺癆等疾病的傳播，政府在許多公眾地方放置了痰盂，希望人們莫再隨地吐痰；與此同時，痰盂亦成了每個家庭必備的用品。因為當年隨地吐痰的現象極為普遍，令衛生當局無計可施，唯有推痰盂上陣。

相信不少來自香港的移民還記得這個口號：「隨地吐痰乞人憎，罰款二千有可能，傳播肺癆由此起，衛生法律要遵行！」當時痰盂的地位如何於此可見。

到了六、七十年代，痰盂更無所不在，連國家領導人會見外國元首，在宏偉壯麗的會客廳裏，在兩位大人物的座椅之間，痰盂竟也赫然而立，令一些孤陋寡聞的外國人不禁嘩然。後來為了免傷國體，才把它撤了。

不講不知，其實痰盂在美國也曾非常流行。在十九世紀末期，嚼煙風氣盛行，政府為了保持環境衛生，在許多男人喜歡聚集的地方如酒吧、旅館、火車站等地，都會擺放些痰盂，以方便嚼煙之人把渣滓與口水吐出。直至第二次世界大戰爆發後，軍事上急需大量銅鐵，這寶貝才在美國消失。

在我的記憶中，痰盂卻是我童年時代的流動馬桶。那年頭，香港大多數家庭只有一個廁所，而對於兩、三歲的小孩來説，那馬桶也實在「高不可攀」。肯定有不少朋友跟我一樣，在「訓練期」年齡，都是坐在痰盂上「辦事」的。

那可真是「方便」，坐在上面，就像坐在輪椅上一樣，用雙腳撐着，可以在客廳拖來拖去，一邊看電視，一邊玩耍，甚至一邊吃東西，更省卻和家人爭用廁所的煩惱。尤其是在半夜，忽然「人有三急」，只要説一聲「我要尿尿」，嫲嫲便立即醒來，把痰盂遞到床前。

在九十年代初，我第一次從美國返回香港工作時，有數間老字號的茶樓仍保留着在餐桌邊擺個痰盂的傳統，但那也是擺設而已。隨着時代和公共衛生標準的演變，現在除了在一些骨董店裏，恐怕再也不易見到痰盂的影子了。

天天去街市

七十年代香港漸趨富裕，一般家庭開始擁有收音機、電視機和冰箱。但即使有了這些設備，也不會一次過買幾天的餸菜「雪藏」起來，而是全家手提「買餸籃」，一齊去街市走一趟，把當日的三餐所需買回家。

數十年後的今天，香港寸金寸土，大多街市已被超市淘汰，或被搬進熟食市場的大廈內，僅灣仔、北角、油麻地、旺角等地還保留幾個和當年一樣的露天街市。

踏入這些街市，就彷彿進入時光倒流機：一條條鮮紅的牛肉，整頭粉紅色的肥豬，以及豬頭、豬腳等等，一排排的掛在肉店門前的鐵鈎上。「給我一斤豬肉，瘦一點的！」熟練的「豬肉佬」大師傅大刀一揚，很快就切下一塊肉來，鈎在秤鈎上，「多少少，一斤二両啦！」不待回答，用水草繩一綁，就完成了一單交易。

隔壁舖位則為燒臘店，鈎在鈎上的當然就是燒鴨、燒鵝、燒肉、乳豬、叉燒、油雞等等，斬件或整隻買回去皆所歡迎。而海鮮店生蹦活跳的魚蝦就用木桶養着，

灣仔街市近貌

不留神一條大魚拍拍兩下，水花四濺，不過「賣魚佬」剖魚肚、刮魚鱗可是真功夫，一會兒整條大魚就服服貼貼被包在報紙裏。

咯咯的雞叫聲，會把你帶到雞鴨欄。一籠籠的活雞，即買即劏，放血除毛，一應「搞掂」。

今天的街市，再也難見當年無處不在的藤織買餸籃，更無人用報紙和水草繩包裝，平衡秤也早被電秤或彈簧秤所淘汰。難怪我女兒不明白「呃秤」這廣東俗話是甚麼意思了。

颱風下的香港

每年暑假快完的時候，香港就踏入颱風季節的高峰期。做學生時，最期待聽到的就是媽媽說「打風啦」三個字。

一早掛上了八號風球，不用上課，昏昏沉沉的腦袋立即變得精神奕奕。相信上班族也不例外。

香港有它獨特的颱風信號，雖然多年來這系統有所改變，但每當八號風球掛起，就是「打成風」了，整個城市會即時停頓，有如把香港的開關掣關掉，的士、巴士、渡海小輪、街市、銀行、商店、港交所等通通收工，所有人必須盡速回家，以免受到天災傷害。

一九七三年前，香港共有十個不同的戒備信號，根據颱風的速度和吹向，可由一號升級至最高的十號。唸小學時家住灣仔半山，從爸媽房間可以見到天文台懸掛的風球。每當聽到收音機說快要改掛風球時，我都會跑過去，用望遠鏡看着天文台

每次颱風過後，家前的道上都遍地樹枝。

將風球降下來又扯上去，不知多麼開心。

當年颱風的破壞力很大，常聽到山邊木屋倒塌，山泥傾瀉，大廈上的招牌、棚架被吹倒，路邊的樹木連根拔起，很多街頭水浸，趕不及駛回銅鑼灣或香港仔避風塘的漁船被大浪吹翻等壞消息。

八號風球掛起後，我們就躲在家裏看新聞，聽天氣報告，注視着風眼距離香港還有多遠，彷彿兵士守在軍營，緊張地在傾聽着敵軍進退的每一步。而我最喜歡坐在窗旁聽大風大雨的聲音，在爸媽看不見時，甚至把窗門打開條小隙，感受一下颱風巨大的威力。此時一定有人提議「開檯」，於是一家大小呼嘯而上，大玩二十一點或大攻「四方城」。可惜，這份天賜的家庭團聚「花紅」很快就用完。

「八號波」落下後，雖然電視還不斷播放這次颱風對香港所造成的破壞和損失，不過這個不夜之城已急不及待恢復她快速的脈搏，不足一天，市面便大致如常。除了留下一些垃圾，颱風迅速變成了昨天的「舊聞」。

可能近年香港的基礎設施搞得不錯，又多了地鐵，颱風的破壞力明顯下降。天文台已沒有懸掛真正的風球，只在不同傳媒上公報颱風的信號。雖然大部份公共交通、股市、銀行等在八號風球下停運，但是很多食肆，尤其是連鎖快餐店、便利店及地鐵內的商店等，還是馬不停蹄，全天候式照常營業，為市民提供服務。

記得去年（二〇一七）八月，香港天文台發出了二戰後第十五個十號風球「天鴿」。我們全家都留在家裏，上網、看電視、看露台外的狂風暴雨，享受這天賜的假日。

當天鴿的風眼越過香港之後，十號風球改為八號，我因為需要買點東西，冒着風雨駕車去金鐘。在途經淺水灣道時，周邊都是斷了的樹枝，更有多棵大樹被連根拔起，像剛被戰火蹂躪過一般，滿目瘡痍。可是當我步入金鐘廊，便如進入另一個世界，裏面人來人往，幾乎所有商店都開門，甚至比平常更為繁忙。

我也樂得趁個熱鬧，到大快活嘆一下，吃了美味的西多和港式奶茶。香港實在太繁忙，太繁囂，人們日常生活的節奏非常急促。遇上颱風日，一切忽然靜止下來，彷彿在忙碌中偷出來一份悠閒。也許心理上受了這個「吹來的禮物」所影響，這杯在風球高懸下「嘆」的港式奶茶，感覺額外香甜，額外有滋味。

滿天神佛

年少時在香港，每個月的初一、十五，嫲嫲和媽媽都會燒香拜神，我也跟着一起拜；十年前由美國搬回香港後，每年的農曆新年，我還去寺廟許願祈福。外國朋友問我是否佛教徒，我說不是，他們覺得很奇怪。

可以說，拜神是許多中國人生活的一部份，是習俗與文化傳統之一。每逢大時大節，去廟堂也好，當天拜也好，甚至不清楚所拜的是何方神聖，都不外乎向神明或祖先祈求個祝福和庇佑。不信教並不等於不信有神存在。我估計，比起中東和歐美，信教的中國人可能沒有那麼多，但是相信有神的人一定少不了。

記得小時香港家裏，共有兩個上香的地方：一個寫着「五方五土門神，前後地主財神」，位於大門口附近的地上，名叫「地主」；一個則在接近天花板的高台上，終年亮着一盞小紅燈，供奉着「列代祖先」的神位前；此外，逢年過節，要拜天神，還得在窗前另設香案。

香港是個多姿多采的地方，世界各國不同的文化和宗教都在這裏開花結果。但教徒們卻非常專一，永遠只去自己的教會。如天主教徒、基督教徒去教堂，回教徒去清真寺，印度教徒去印度廟等。很多信神而又不是教徒的香港人，可以隨心所欲，想拜甚麼神就去甚麼廟，甚至相信舉頭三尺有神明，滿天都是神佛，神就在你頭頂，也在你心中，隨時都能膜拜一番。

當然，誠心求神保佑，最好還是去神廟。香港有許多著名寺廟，例如天后廟、黃大仙祠、車公廟、關帝廟、萬佛寺等等。

天后即媽祖，是主管海上平安的海神。因為香港原為漁港，以海為生的人很多，所以天后廟也最多，聽說大大小小共有一百多座，除了著名的香港仔和銅鑼灣天后廟外，各大港口和海灣都不難見到。

連地鐵都有天后站和黃大仙站，可見這兩個廟最興旺也最出名。尤其是黃大仙廟，每逢新年和節日，簡直是人山人海，除了來上香求籤的，還有專程「到此一遊」的。

我是其中最虔誠的信徒之一，因為年稚時體弱多病，嫲嫲替我契了黃大仙為契爺，希望保佑我身體健康，快高長大。所以回港工作後，每年的年尾必來酬謝神恩，

小學時每天必路過的「老張王爺」古廟

俗叫「還神」。近年還帶同兩個女兒一齊來，希望讓她們吸納點中國文化，儘管她們最感興趣的不是「神」，而是這裏的魚池、九龍壁和美麗的庭園。

由於信徒們的願望不一，神廟也要分工。如求轉運的去沙田車公廟，求考試成績優良的去上環文武廟，犯太歲求化解厄運的去荃灣圓玄學院，求義勇雙全的在家裏供個關帝像，求消災解難又想好玩的去沙田萬佛寺、昂坪洲大佛寺或長洲的太平清醮搶包山等等。

香港灣仔皇后大道東有座古廟，與我家算是有點淵源。一是因為我讀小學時，每天上學放學必從廟前經過，二是因為爸爸故鄉有間遠近聞名的張王廟，而這灣仔古廟正好供着個「老張王爺」的牌匾，嫲嫲就當了它是鄉下張王廟的分廟了，所以時予慷慨捐贈。

而我，由於長期耳聞目睹，對此廟也有較深印象。從美國回來之後，恰好每天駕車上班都從廟前經過，此時我總會向着廟前「老張王爺」的牌匾，默默禱告一番，望神庇佑家人平安。

灣仔的猛鬼

我和多數小朋友一樣，怕鬼又最愛聽鬼故事。年少時居住的灣仔，聽說正是鬼屋和猛鬼最多的地方。鬼與鬼屋的來源，多與二戰時期日本人的屠殺、亂葬和墳墓與殯儀館的地點有關。

最出名的鬼屋，莫過於分域街和駱克道交界的東城戲院。這家豪華大戲院，可容納千多觀眾，包括數百超等座位，是當時數一數二的高檔次戲院之一。但因為前身是「大酒店」（萬國殯儀館），盛傳女廁經常鬧鬼。記得我每次路過，都要繞道而行，可見膽小的人肯定不敢買票入場，所以生意一直不好，僅經營十年便告結業拆卸。

另一個常鬧鬼的地方，是灣仔鄰近金鐘軍營的美利樓（該樓拆卸後，依原貌在赤柱重建），即現在太古廣場和中銀一帶。因二戰期間是日軍基地，有多名港人被捉到裏面審問、虐待和殺害。傳說這裏的鬼最猛，常常鬧事，害得政府不得不請法師做法事鎮壓和驅趕。

皇后大道東船街尾山坡上有間叫南固台、又名紅屋的古老大屋，也是街知巷聞的鬼屋。據説住的全部是女鬼，因為二戰時這裏是日本高級司令的御用慰安婦院。新聞曾多次報道，有大膽學生進去「探究」，都嚇到精神崩潰，要送醫院；還有位女生出來後，柔美的嗓子變成鵝公喉男人聲。其鄰舍聖璐琦中學，停辦多年後陰氣漸重，女鬼們紛紛遷進，把附近一帶變成鬼域，更加令人聞之色變。

還有我讀小學時每天必經之路聖佛蘭士街，原來是舊天主教墳場；過了船街鬼屋不遠的舊郵政局，又有無面郵差，半夜向垂死者派發裝有紙錢的白信封；而郵局對面的灣仔街市，更是日軍的殮房，當年街邊甚至有人擺賣人肉包；沿灣仔道直往天樂里，途中因有「香港大酒店」（香港殯儀館舊址）和許多相關行業，「猛鬼」的傳言尤其駭人聽聞！

我年幼時常去軒尼詩道外婆家玩。因為窗口對正修頓球場，最愛坐在窗前看街景和球賽。直至最近才知道，原來修頓球場也是個猛鬼區：左邊的貝夫人健康院，曾是日軍的盤問室和打靶場；右邊的盧押道和前面的莊士敦道，曾被炸死和埋葬許多人。據傳地鐵灣仔站施工時屢遇「麻煩」，結果不敢從球場地底穿過，盧押道的

昔日東城戲院的現址、星街猛鬼防空洞前的小廟，與紅屋旁的聖璐琦書院。

出口被取消，才弄得如今這麼細小狹窄的。

最令人吃驚的是，距離我家不足二百步、每天必定經過的星街和永豐街交叉處，竟然有個猛鬼洞！原為防空洞，二戰時有許多人在裏面被炸死，後來又成日軍堆屍和燒屍之地，因而擠滿幽靈。戰後附近不時有人「撞邪」，後經道士作法，把洞口堵塞，再在前面造了座觀音廟，才安靜下來。我小時候只知道那裏有個神壇，至多年後從海外歸來，才驚聞有段這麼悲慘、可怖的歷史。此時星街已改建成豪宅，唯觀音廟依然挨在大廈旁。倒不是有意保留，只因拆掉之後，又不斷有人「見鬼」、「撞鬼」，唯有再建新廟，恭請觀音大士重臨坐鎮。

科學與鬼神長期共存，怪事就成了常事。但傳言終歸是傳言，真正見過鬼的沒有幾人。而且隨着城市的發展和時代的進步，幽魂也會漸漸老去，再猛的鬼，最終也只能變成「鬼故事」了。

看大戲

有天晚上回家，大廈的保安阿伯問我去哪裏玩了？我答：「睇場戲而已。」他竟問：「睇大戲嗎？」我不禁愕然。他指的大戲，當然是廣東傳統的粵劇了，現在還有人看嗎？

讀研究院時有位朋友，是意大利歌劇迷，為了了解歌劇的歌詞，特地修讀了多年意大利文。我畢業後到紐約工作，住在林肯中心旁邊。朋友每次來紐約都帶我去該中心看歌劇，並必預先做足功課，把劇情和歷史背景等向我解釋一番。

意大利歌劇和古典音樂都有不少忠實粉絲，為甚麼我們廣東人曾熱愛的粵劇，怎麼好像要失傳了？

記得年少時，每次嚴重天災後，無綫電視都有很精彩的馬拉松式慈善表演。紅伶新馬仔的壓軸好戲《萬惡淫為首》，總能籌得最多善款，故有「慈善伶王」的美譽。在時代曲四大天王面世前，這位聞名寰宇的大老倌，與當時的紅伶芳艷芬、鳳凰女、林家聲等，幾乎瓜分了香港歌唱界的天下。任劍輝和白雪仙那句「落花滿天蔽月光」，和我們小學生版本的「落街冇錢買麵包」，誰不會唱？就算張學友唱紅了《每天愛你多一些》後，《帝女花》仍處處可聞。

看大戲，和看意大利歌劇一樣，除了欣賞演員的表演、扮相外，同時還觀賞他們的戲裝、音樂和舞台裝飾等等。但粵劇的「戲橋」不外是帝王將相、才子佳人等大家耳熟能詳的老故事，未曾開戲，基本上已知道戲的結局，與看電影截然不同。

我對粵劇接觸不多，能哼得上口的幾句，都是年少時陪嫲嫲看粵語長片學來的，大老倌、大花旦們在灣仔利舞臺和北角新光戲院演出的「大戲」從未看過，只有灣仔修頓球場每年上演一次的「神功戲」，因為外婆的家就在附近，才得湊過幾回熱鬧。

幸好後來無綫電視把許多經典劇本如《梁祝》、《西廂記》、《紫釵記》等改編成電視劇，在《民間傳奇》節目中播放，並為粵曲加添不少新元素，如汪明荃和羅文以嶄新形式演繹了顧家煇編寫的帝女花主題曲《並蒂花》，為粵劇爭來不少分數；而搖滾派的大 AL 翻唱了麥炳榮的《鳳閣恩仇未了情》，更把粵曲帶進年青人的世界。只可惜，一時的興旺並未形成熱潮，如今利舞臺已無舞台，修頓球場更無

「搭棚」跡象，香港文化沙漠的惡名始終洗刷不去！

自從十年前搬回香港後，每次到家居附近的汽油站加油，都聽到入油亞伯們在錄音機上播放的粵曲，此時我就想起兒時陪嫲嫲一起看粵語長片的情景，心裏暖暖的覺得亞伯們份外親切。可惜後來加油站換了招牌，便再無粵曲聽了。

眼看香港粵劇要沉靜下去，兩年前卻出現一個叫「一桌兩椅」的慈善組織，以「香港粵劇神童」阮兆輝先生為藝術總監，一直為重振粵劇奉獻着寶貴的心力；同時還有汪明荃等熱心人士，也為復興粵劇不遺餘力。希望他們再接再厲，令粵劇的鑼鼓很快再熱鬧起來，莫讓戲迷們只能無奈地重複又重複：「偷偷看，偷偷望，我帶淚、帶淚暗悲傷！」

北角的新光戲院，偶爾有大戲公演。

《歡樂今宵》再會

「快點，趕回家看《歡樂今宵》！」相信七十至八十年代在香港長大的朋友，都會聽過、甚至說過這句話。無綫電視的綜藝節目《歡樂今宵》，可說是香港文化的一部份，每個家庭的成員，每天晚飯後，無不齊齊坐下來，一如主題曲所唱的：「日頭猛做，到依家輕鬆下（日間很忙，現在輕鬆一下）……」

當年香港尚未發達，文娛活動不多，《歡樂今宵》不僅為大家帶來了歡樂，並充實了我們的生活，開闊了我們的視野，不比現在極受歡迎的美國《今夜秀》（*The Tonight Show*）遜色！

《歡樂今宵》給我最深的印象是那些搞笑的趣劇。尤其是李添勝飾演的「掃街茂」，真是百看不厭。他每次出場，總是推着一部垃圾車，斜斜眼地向一名風馳電掣的鐵騎士破口大罵，卻不料話未落音，自己先把垃圾車撞向街燈柱。每場趣劇雖短，着重反映小市民的心態，幽默風趣，以致街知巷聞。

《歡樂今宵》的趣劇人物，光怪陸離，很多令人印象深刻。除了短劇，還有反映小市民心聲的「多咀街」和趣解時事的「怪招」。而一個成功的綜藝節目，當然少不了歌舞表演和明星訪問。仙杜拉、杜麗莎、華娃、四朵金花、星寶之夜的得獎者，以及當紅的歌星羅文、劉鳳萍、青山、姚蘇蓉等等，皆為常客。

當時紅遍全球的李小龍，也多次應邀現場表演真功夫，如單指掌上壓、一寸拳、李三腳等絕技，都令我等功夫迷嘆為觀止。

此外，擁有出色的主持人，也是《歡樂今宵》成功的要素之一：許冠文、梁醒波、鄭君綿、森森、沈殿霞、鄭少秋、汪明荃、何守信、鄭裕玲等等，都是《歡樂今宵》琢磨出來的碧玉，也是無綫電視的瑰寶。

我於八十年代前離開香港，就再沒有機會觀賞《歡樂今宵》，但卻迷上了美國流行的「Talk Show」。差不多每晚都看強尼卡森（Johnny Carson）的 *The Tonight Show*、大衛雷特曼（David Letterman）的 *Late Night with David Letterman* 和多位喜劇演員演出的「週六夜現場」（*Saturday Night Live*）。不久前無綫李思捷的「今晚睇李」，就是嘗試模仿他們的。

試想想，數十年前的《歡樂今宵》，已經擁有了這些著名節目的元素，你能不為他們的大膽、前衛與遠見而鼓掌稱好嗎？可惜，《歡樂今宵》在九四年已經停播。是時代進步、觀眾的興趣變了，還是江郎才盡、做不下去了？我不知道，有時回想起來，只能獨自唱一遍：「歡樂今宵再會，各位觀眾晚安！」

經典廣告知多少

一個成功的廣告，會深深打入觀眾的腦海，成為長久記憶以及社會文化的一部份。日前在街上聽到有人說：「好，『大家樂見』！」就令我聯想起許多廣告，有新有舊，願與大家分享，看看你能記得多少。

有時不小心碰了一下腕上的手錶，我就想起「星晨錶，任你撞，星晨錶，任你震。戴星晨錶，戴星晨錶，係醒D嘅！」手錶失了？不要緊，可拿周潤發和吳倩蓮的超浪漫片段來自我安慰：「不在乎天長地久，只在乎曾經擁有。浪漫靈感鐵達時！」

口渴？「冇你咁好氣，嘆番枝綠寶先！」還有兩位老外在廣告中講廣東話：「嶗山礦泉水，鹹嘅！淡嘅！」

八十後的港人可能記得「我哋嘅城市，我哋嘅啤酒，生力！」八十前的朋友則可能記得，早在周星馳之前，就在電視廣告中聽過「Bisquit，百事吉……今晚打老虎？」以及李白的將進酒「人生得意須盡歡，莫使金樽空對月。」

冬天見到人穿得厚厚的，就想問：「乜你好凍咩？着番件利工民秋蟬牌羊毛內衣啦，好暖㗎！」每次聽到有人咳嗽，就想說：「係咁咳啊，係人都怕咗你啦！」工作疲勞，就想起「至寶三鞭丸，補你腦力、腰力，周身都有力！」而肚子餓了，就不由高唱急口令：「雙層牛肉巨無霸，醬汁洋蔥夾青瓜，芝士生菜加芝麻，人人食到笑哈哈！」或者想吃麵，「其實我唔係想食你啲麵㗎，我只係想見多你幾面咋！」飯後想吃點糖果甜品呢？「嘩！嘩！嘩！三粒糖啊！好味啊！」當然還有「美國雪山雪糕 Mountain Cream，食到心都甜！」

我最喜歡「呢度去，嗰度去，享受人生樂趣。你話啦，仲有乜嘢及得佢？」而西瓜刨就會說：「去、去、去，去旅行啊？搵永安啦！」不過「欲去耶加達，請搭嘉魯達」。

想型仔？「呢枝係頭蠟，呢枝係髮乳，呢枝係仕高玻璃爽髮膏。」鏡中見到白頭髮，就會聽到曾江問：「你染咗髮未啊？」你身癢，「好痕啊好痕痕，好痕啊好痕痕，搽搽搽搽搽，快D搽D無比膏啦！」

許多政府的宣傳廣告也很上口。每次去小朋友的生日派對，我都會提醒自己：

「一個嬌，兩個妙，兩個就夠晒數。」

陪孩子過馬路時則會說：「慢慢走，莫亂跑，馬路如虎口！」而見到有人吐痰，就想起政府最近舊例重施：「隨地吐痰乞人憎，罰款二千有可能；傳播肺癆從此起，衛生法律要遵行！」

不在香港長大的朋友，不好意思啦，這些廣告都是在香港播放，希望你也覺得有趣。如有部份我記錯了，還請見諒。

妙趣橫生的廣東話

最近看了一段棟篤笑，主題是英文中某個不雅之字，在不同組合和用法時，可以表達出大異其趣的意思，十分搞笑。其實在我們廣東話的口語裏，也有許多類似的例子。

好比讚美詞「好嘢」中的「嘢」字，可謂千變萬化，妙趣無窮。既可指事物：正嘢、堅嘢、流嘢、揚嘢、曬嘢、演嘢、邋遢嘢、核突嘢；又可指男女關係：搞嘢、扑嘢、冇嘢；甚至指迷信：污糟嘢，邪嘢……而「扮嘢」，原指弄虛作假，可是遇上老嘢們所稱讚的「扮嘢秋」，指的卻是鄭少秋的多才多藝了。

至於「冇乜嘢」，即「OK啦」，多在病後答謝親友慰問時用之；而「乜嘢都冇」，可就不妙，因為這是一無所有的意思。還有「玩嘢」，既可代表玩耍、玩具，又可與「扮嘢」相似，即要手段戲弄他人，或在出其不意時給予重重一擊。

廣東話尤其善用近音字。如「八」之與「發」，連「鬼佬」都會聯想到「發財」

和「發達」。所以凡有八字的號碼均深受港人歡迎，於是「發」之不盡：發過周潤發、發到豬頭炳、發白日夢、發錢寒、發神經、發羊吊、發爛渣、發雞盲、發牙痕、發吽豆、發牢騷、發脾氣、發瘟瘤……總之不論讚美、羞辱、諷刺、謾罵皆可隨口而出，並極盡生動鬼馬之能事。不過「發燒」與「發燒友」僅多一字，意思就迥然大異，這是外省人常被「考起」的原因之一，也正是廣東話靈活有趣的特色之一。

廣東話中許多動詞，都具有百搭功能。如「爆」，配在不同的字旁，會有不同的爆發力。比方：七十年代美國流行的「爆炸裝」髮型，十分怪異；梁醒波、盧海鵬因忘記台詞而「爆肚」，又十分搞笑。還有：這位明星不會做戲，但靚到「爆燈」，所以主演的電影「爆冷」得獎，之後就場場「爆滿」。又或：你看場電影要吃這麼多爆谷，當心會肚痛，要去「爆石」（上廁所），臉上還可能「爆瘡」！

更有甚者，某公司「爆大鑊」：IQ「爆棚」的老闆，帶着秘書去酒店「爆房」，不料途中汽車「爆胎」，被狗仔隊「撞爆」，怕在八卦雜誌「爆料」，於是老羞成怒，對記者「爆粗」。為此搞到公司幾乎「爆煲」（破產），偏偏家裏又被「爆格」（爆竊），氣得老闆當堂血壓「爆錶」，差點沒有「爆血管」。

又何只「爆」而已！其實大多動詞皆可大「放」異彩：警察放蛇（扮顧客抓非

法司機之類）、靚女放電（拋媚眼）、業主放盤（賣樓），懶佬放「p-err」（懶惰，沒有衝勁）、去放低幾両（去洗手間）……要不是怕罵「吹水」、「發噏風」，真不想就此「收嗲」。

因為廣東話具有悠久歷史，是聯合國法定語言之一，加上港澳地區長期華洋雜處，新詞潮語層出不窮，語彙極之豐富，是世上最具活力和生命力的語言之一，說到奧妙之處時，會令人拍案叫絕。

所以儘管「國語」來勢洶洶，快成為真正的「普通話」，但廣東話實在「好嘢」，廣東人一定堅持說下去，絕不會被淘汰或取替的。

港人與雞

香港人與雞特別有緣，餐桌上幾乎無日無之，理應愛護牠、珍惜牠才對，可是在日常言談中，竟沒有一句好話，真不公道！

雞有多種：公雞、母雞、雛雞、春雞、童子雞、老雞、走地雞、火雞、山雞、野雞等。田雞、雞泡魚與燒焊用的「ngan 雞」之類，與雞無關。但雞跟鴨和狗，又成另類組合，如雞同鴨講、雞手鴨腳、雞毛鴨血、雞零狗碎、偷雞摸狗，雞鳴狗盜、雞犬不寧、雞飛狗走等等。

市面可供選擇的品種倒不多，只有活雞、冰鮮雞、烏雞、丹麥光雞與有頭雞和無頭雞數種，吃法卻不少，如蒸雞、烤雞、炸雞、焗雞、燉雞、吊燒雞、白切雞、豉油雞、鹽焗雞、霸王雞、貴妃雞、砂薑雞、脆皮雞、宮保雞、乞兒雞、啫啫雞、口水雞、木須雞、紙包雞、珍珠雞、左宗雞、葡國雞、非洲雞、海南雞、金華玉樹雞與我最愛吃的雞鮑翅等等，唯獨無人想吃「無情雞」，除非有「肥雞餐」作補償，又當別論。

唸小學時，覺得小雞很可愛，常玩麻鷹捉雞仔，更喜歡在玩具槍上「攣雞」和玩「耍盲雞」等遊戲。

考試前喝杯雞精提神。考得好媽媽會獎隻雞髀作鼓勵；但若考「雞腸」（英文）得個零雞蛋，恐怕就要嘗雞毛掃了！

上到中學，好些同學長了兩撇雞，同時也聽到更多對雞的負面之言。如笑人「揗雞」、「怪雞」、「大眼雞」、「鬥雞眼」、「發雞盲」等。

小朋友整天進進出出，叫「無掩雞籠」；偷親了女朋友，叫送她「咖喱雞」；最難看起床不梳頭，長出「旗雞尾」；最糟糕下雨不帶傘，「雞咁腳走」，還是變成「落湯雞」，冷得猛起「雞皮米」。平時挨媽媽罵，會「死雞撐飯蓋」，這回「雞食放光蟲」，明知自己偷懶，就不敢嘴硬了。

踢足球最愛在龍門前「執死雞」和放罰球時「偷雞」，不過請勿出手肘賞對手「雞翼」，否則被球證「吹雞」，「偷雞不成蝕拃米」。

還有人借雞給人起花名。記得有個表姐叫亞芳，刁蠻任性，非常「鋹雞」，至今仍被稱「雞乸芳」。至於被叫「喪雞」、「癲雞」的肯定也不少；但為何指妓女為「雞」與嫖妓叫「叫雞」，就不曉得了。

雞也有小或少的意思。如歌喉不夠宏亮叫「雞仔聲」，打麻將最低賠率叫「雞糊」，以小作大叫「拿雞毛當令箭」。還有拿着「雞碎點錢」去賭博，結果風吹雞蛋殼，財散人安樂。不過如有大減價，幾大莫「走雞」，慳返十蚊雞夠你嘆件麥樂雞或家鄉雞。

昨晚「肥雞」買了許多雞批、雞仔餅和雞尾包來找我，說要請飲雞尾酒。結果「雞啄唔斷」，聊到雄雞報曉才走。

真要劏雞還神，感謝神賜我們這麼多雞，也感謝雞給我們這麼多貢獻！

少喝酒的香港人

我在美國長大，跟典型美國青年一樣，大概是十四、五歲就開始接觸酒。美國在八十年代後期實施的最低喝酒年齡為二十一歲。在此之前，很多省十八歲已可喝酒，而且執法不嚴，在當時的大學，酒和搖滾樂是所有派對兩個必要元素，自然而然地，「劈酒」就成美國社交文化中重要部份。

我畢業後在紐約從事金融界工作。喝酒是華爾街人跟朋友、同事甚至客戶溝通最基本的媒介。後來有機會去倫敦公幹，發覺英國人更厲害，很多人在週五午餐便開始大飲大喝，整個下午可以醉到不回公司上班。

九十年代中期我搬來亞洲工作，發覺喝酒的地方、環境和酒的種類可能與歐美有所不同，但喝酒的文化在日本、韓國、台灣、新加坡和中國都一樣歷史悠久，深入民心，唯有香港有點例外。

一般香港人在家晚餐時都不喝酒，比較喜歡「摸摸杯底」的，只是少數勞苦大

二十多年前，香港是 XO 的天下。後來追隨歐美口味，喜歡飲葡萄酒。近年日本的威士忌突然流行，比蘇格蘭威士忌更風光。而內地的「白酒」，因受商業往來的影響，也甚受歡迎。左下的三十年茅台，市面不易買到。

眾，而且所喝的多為雙蒸或三蒸。即使以「飲酒」為名的喜慶宴會，也是以汽水為主，酒不過是聊備一格，點綴點綴而已。

至於以飲酒聞名的蘭桂坊，多為老外或由海外歸來的港人，土生土長的少之又少。即使邀請他們去飲杯，也是勉強應酬而少有盡興的。在香港長大的女人，更不用說，邀請她去喝酒，就算不懷疑你害她，也會照實告訴你：「我不會喝酒。」在香港只有壞女人才喝酒的。

這種「壞女人」的錯覺與心態，我在亞洲其他國家都感受不到。為何香港跟歐美和其他亞洲鄰國有這麼大的分別呢？真是百思不得其解。

我粗淺分析了一下，覺得可能與香港地少人多，和長期被英國殖民統治這兩個特點有點關連。

香港青年沒有獨立的居住環境，父母又管得嚴，跟朋友們喝到天昏地暗的機會就極少了。至於有「壞女孩」才喝酒的觀念，就可能因為香港曾是英國殖民地的緣故。記得七、八十年代時，維多利亞港還常常停泊着英、美各國的軍艦。灣仔駱克道一帶的酒吧有很多「吧女」在陪酒賣歡，雖大部份是從事正當的飲食業工作，但「出格」的也是不少。那時的一位會飲酒的妙齡女子，很容易被人誤以為是在夜總會或酒吧工作的「風塵女子」。

過去二十多年，時代不斷大躍進。現代香港男女對酒的認識，也漸漸提高，不只會飲XO和啤酒，同時對歐美的葡萄酒、日本的清酒、國內的白酒、蘇格蘭和日本的威士忌等都有了新的認知和要求。相信他們，尤其是九十後一族，看到我所提港人往昔對喝酒的心態與觀點，會覺得多麼落後和荒謬了。

消失中的裁縫

我從香港移民到美時，是位剛小學畢業的孩子，卻沒有料到，移民後首次回港，竟是十多年後一次出差之旅。當時我在紐約所羅門兄弟任職，不久公司決定擴展亞太區事務，於是就回港工作了。

那時候的所羅門兄弟，堪稱是世上最具權威的投資銀行，對同事們上班時所穿的「戰衣」，要求極高。我因天生矮小，每次從紐約時裝店買回來的衣服，都要花更多錢拿去請人修改。所以當我落腳老家後，第一件事就是找位裁縫師傅，量身訂做一批上班專用的襯衣和西裝。

九十年代的香港，可算是裁縫師傅的大時代。由於當時被譽為亞洲四虎的香港、新加坡、韓國和台灣，是亞洲發展最快的新興市場，深得歐美投資者的青睞，而香港更是踏入這個市場的城門，因而很快成為亞太地區的金融中心，百業興盛。本就極具水準而又價廉物美的裁縫業，也從中得益，飛快發展成高質的超值裁縫中心。

香港有位大師Ascot Chang，以精準的尺寸、細緻的手藝聞名遐邇。他們除了為你量度基本尺寸外，還留意到左右肩不同的高低，與左右臂不同的長短，甚至會問你常戴手錶的大小，以確定袖口的寬窄，可見多麼細心。

不過最吸引人的，還是遍設於中環、灣仔、尖沙咀經濟實惠的裁縫店。唯是花多眼亂，究竟哪家做得最好，在還沒有互聯網的年代，就要靠口碑，靠親朋推介了。我得到紐約一位老外好友的推薦，在尖沙咀找到一名心儀的好師傅。

整座商場，過半是裁縫店，都由香港或印度人經營。踏入朋友介紹的店舖內，發覺玻璃檯面下，全是所羅門兄弟員工的名片。

據師傅介紹，他們第一位所羅門兄弟的客人，原來就是我紐約債券衍生部的大老闆！之後靠口耳相傳，這家狹窄的小店幾乎就成了所羅門兄弟全球的御用裁縫工廠，好些個年頭，無論從紐約、倫敦、東京來港公幹或履職的所羅門人，都成了他的「客仔」，一個個滿載而歸。

後來我離開香港多年，再回來卻已面目全非，裁縫店少了泰半，熱鬧的商場變得水盡鵝飛，老東家所羅門兄弟亦早已被花旗銀行吞購，大有滄海桑田之感。裁縫師傅說，休閒潮興起後，生意已大不如前，加上金融海嘯，更加一落千丈，多年來全靠幾位舊客維持生計。

我在投資銀行界奔波了二十多年，也親身體會到這種轉變。在九十年代，每年均需訂做一批新西裝新襯衣，一來衣裳穿舊了不體面，二來衣裳的款式不停在改變：如大翻領變小翻領，單排扣變雙排扣，或由四方寬大，變成愈穿愈貼身的式樣。與時並進，不能「落後」於人，是向上攀爬的基本入場費，如此裁縫師傅便貨如輪轉，不愁無生意做了。

可是從二〇〇〇年 Dot com 時代起，上班衣着漸趨休閒化，即使具有悠久歷史傳統，上班時非西裝革履不可的華爾街，也開始順應潮流，先是休閒週五，漸漸演變成天天恤衫西褲；加上行業的調整，裁員無數，穿西裝打領帶之人愈來愈少，裁縫師傅的好日子恐怕已快到盡頭了。

我有位印度朋友，他的家族在上世紀二十年代即從印度搬到香港謀生，比大多「香港人」更早，而裁縫也一直是他們家族的生意，然而近年他常痛惜地對我說：「已接受現實，在他退休那天，亦將是他們家族生意結束的那天！」

歡樂年年

「你聽鑼鼓響一片，聲聲送舊年……」在街上聽到這首經典的賀歲曲，就知道春節快到了。這也告訴我們，又是到整裝待發的時候了。

因為我們歸港多年，每年的春節都是在北海道滑雪度過。但當我見到中環和尖沙咀輝煌華麗的春節燈飾，便不由想起小時候在港過年的習俗和氣氛。

那時在港過年，可是件大事，媽媽、嫲嫲早就忙個不停。先是揀日子打塵、拜灶，跟着就去買新衣、辦年貨。我和哥哥也幫着做酥角、煎堆、年糕及在攢盒裝滿傳統的中式糖果如糖蓮子、椰條、蓮藕片、瓜子，和人人喜歡的瑞士糖與巧克力金幣等等，然後跟爸爸去上環的生果批發店買一箱橙子和一箱蘋果。

在街上，會看到書法高手在寫春聯，最受歡迎的是「財神到」，最複雜的是由四個字組成一個字的「招財進寶」。在賀歲曲聲中，大家大聲預祝「恭喜發財！」充份表達香港人積極求財的心態。

年晚前數天，便去維多利亞公園的花市買了金桔、四季桔、牡丹、菊花等賀年盆栽。

舅父則每年都買一棵大桃花。我問爸爸為甚麼我們不買，才知道未婚的才買，已婚的女人不想她的丈夫行桃花運，就不買了。

我們家相當守舊。團年飯是一年中吃得最嚴肅、最隆重的一餐，嫲嫲和媽媽會說上一大堆吉祥話。年初一更不用說，媽媽天一亮就點燃香燭祈求平安，並把賀年歌曲的錄音帶放在唱機裏播個不停。

我和哥哥大年初一也早早起床，穿上新裝，恭恭敬敬接受媽媽和嫲嫲的連聲祝福和紅包。而且格外小心、謹言慎行，不敢說一句不好意頭的話，甚至連電視都不許看，怕新聞報道中有不祥的事故。

「朝齋晚雜，樣樣湊合」，初一早上一定吃齋，晚餐則可隨意，團年飯剩下的餸菜都可以湊合着吃。

至於年初二的開年飯，雖較輕鬆一點，也仍十分講究，樣樣皆講彩頭，如雞代表佳，生菜代表生財，魚代表年年有餘，豬脷代表一本萬利，豬手代表橫財就手，冬菰代表東成西就，髮菜蠔豉代表發財好市等等。

整個新年假期，由初二開始，幾乎每天都有親友來拜年，或我們去向他們拜年（初三赤口，據說易惹是非，故例外）。

我因為易暈浪，平日甚少遠行，所以特別期待拜年這機會，可以到處去走走。當然最開心是收紅包，和吃不完的糖果餅食。禮貌上，紅包要回家後才可以開，但我和哥哥總是按捺不住立即就按按，感覺一下裏面是軟的還是硬的。因為當年的硬幣最高只有一元，而紙幣最低的已有五元。

移民美國後，春節不是公眾假期，爸媽要上班，我和哥哥要上學，漸漸就失去它的意義。不過我和哥哥都會在書包裏放個紅包和桔子，並刻意去買隻雞腿吃，以期新一年事事吉利。

就算後來我在華爾街工作，年初一也會在寫字樓上放個桔子，即使乾了還留着，至下年的初一再換上個新的。

搬回香港後，發覺春節的氣氛也大不如前了。可能因為香港人富裕了更忙碌了，大都會在春節假時去旅行「避年」。

就算留在香港的，也會約齊親友一起到酒樓「團拜」，不再逐家去拜年了。孩子們如不想熱鬧，大可留在家裏「打機」，紅包自有家長代收或代派。內地人尤其

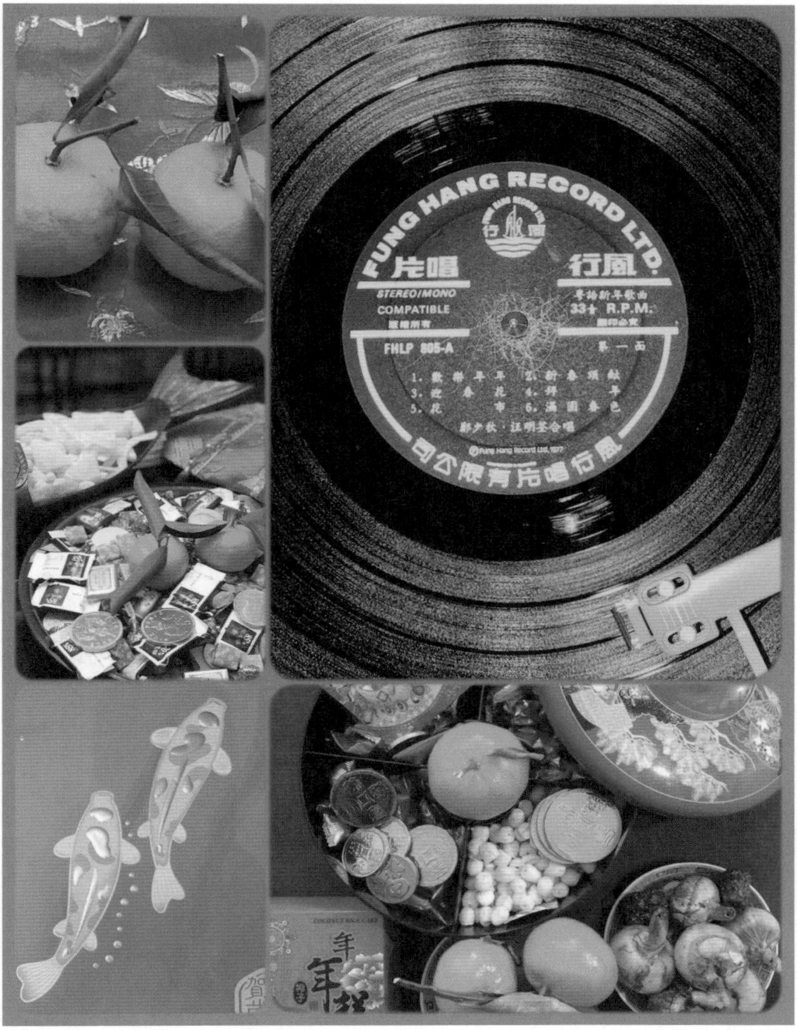

汪明荃、鄭少秋於 1977 年出版的經典賀年唱片已伴隨我們四十多年，每年春節堅仔的媽媽都拿出來播放。

方便，只需手指一按，數碼紅包已進了手機戶口了。

幸好，商場裏和街道上，還是鬧鬧忙忙的。特別是鄭少秋和汪明荃唱的經典賀歲曲，聽見就立即勾起我對春節的情懷，令我感到份外親切和溫馨。

我也在此恭祝大家「年年歡樂，歡樂年年」！

輯三

倚欄回首

消失中的唐人街

轉瞬間，我爸媽在南加州已住了二十多年。這段時間裏，很多中國餐館和華人超市在南加不同社區興起，所以他們近年就很少去洛杉磯的唐人街了。前陣子我回家探望他們，心血來潮想去唐人街逛逛，不料眼前的唐人街已今非昔比，曾經人山人海的鬧市變得冷冷清清，令人惋惜。

記得當初從香港移民來美時居住的小鎮，除了親戚朋友們經營的雜碎餐館外，鎮內沒有任何東方食品供應，最近的唐人街遠在三小時多車程的芝加哥。像朝聖一般，我們每年總要舉家駕車去兩次，先飽嚐正宗的香港點心和美食，然後購買至少半年所需要的雜誌、唱片和食物，如豆豉鯪魚、回鍋肉、臘腸、臘鴨、燒肉、烤鴨、糭子、蘿蔔糕等等，塞滿一車。多年後轉到波士頓唸書，來自香港的同學，也會在百忙中抽時間一起去唐人街飲餐茶或吃頓飯，再買份《明報周刊》及《老夫子》回宿舍看。

美國各大城市都有座歷史悠久的唐人街。從前來美的唐人都不懂英語，唐人街是他們在異鄉謀生的安全島。就算後來有能力去「埠仔」做雜碎館或洗衣館，也不時要到唐人街來「上貨」、請人或找工。除了在此謀生的人，唐人街的訪客多是像我的家人一樣，來找尋故鄉的說、聽、看、吃，暫時抒解一下思鄉的情懷。雖然街上偶爾也見到一些老外遊客，但唐人街確是為身在美國的唐人而設的，是唐人在異國他鄉相互交流的橋樑和第二個故鄉。

這次和爸媽去唐人街，發覺除了一條主要街道還有些生意之外，整體給人的感覺是冷清蕭條，大不如前。以前門庭若市的幾家著名大酒家，榮景不再，最大的那家，甚至整座大樓與商場全被廢棄，形同鬼域。

最後找到一家稍有規模的餐館吃點心。儘管不難想像它曾經有過的輝煌，但也正因如此，讓人不禁為之心酸。偌大的廳堂，座上客人寥寥可數，而且多是老外。推點心的女士，明知我們講廣東話，也跟我們說英文；點心也不多，質素比行貨還要差，卻收五星級的價錢。於是我們立刻明白，他們生意的對象再也不是僑胞，而是老外了。唐人街已跟雜碎館一樣，只是一個旅遊景點，一條中國主題的紀念品商店街而已。

牌坊是各地唐人街的標誌

紐約和波士頓的唐人街也不例外，再也沒有人潮眾多的大茶樓。七、八十年代的地標，周潤發在《秋天的童話》做「企檯」（侍應）的銀宮大酒樓早已消失，波士頓的會賓樓也成歷史。高水準的「唐人餐館」已遍地開花，到處都吃得到，中文報紙、雜誌、圖書、音樂又可在網上購買，連專賣唐貨的大型超市也擴展至美國各地，唐人街存在的意義和價值，將會隨着時代的進步而漸漸消失。

唐人街的盛衰是美國華人奮鬥史上苦樂參半的一頁。它的興起，是因為有迫切的需要，如今衰退了，則代表美國華人進步了。第二代子弟已長大成熟，可融入主流社會打江山了；而新一代的移民，又比較富裕和有學識，大可自謀出路。但唐人街當年的重要性，我們將永誌不忘。希望各地的政府和有關團體出謀獻策，盡可能保存唐人街的記憶，不要讓它消失才好。

感謝李小龍

我十二歲從香港移民來美國中西部一個小鎮，入讀初中。那時候我的同學對亞洲的認識都很膚淺，有人甚至以為香港是東京的首都，而李小龍是他們唯一認識的中國人了。在那個功夫熱的年代，他們覺得李小龍是宇宙間最強的超人，身為中國人我為此感到自豪。

來美後第一個暑假，我們舉家去紐約探親。李小龍的最後一部電影《死亡遊戲》，經過製作公司多年尋找替身、改寫劇本，終於在此時此地上映，我們急不可耐去買票觀看。記得場內觀眾除了唐人之外，大部份是黑人，而每次李小龍在戲中打倒對手，他們都大聲歡呼，把戲院的氣氛弄得像球場或擂台一樣熱鬧。這倒不難理解，因為李小龍常在電影中伸張正義，替被欺壓的人出氣，令少數族裔產生共鳴。

從初中到大學畢業，我都是在樸素的中西部度過，生活簡單而愉快。這裏亞洲人不多，我的朋友差不多全是白人，直至到了波士頓讀研究院，才認識很多亞裔朋

洛杉磯唐人街的李小龍銅像

友。令我吃驚的是，這些朋友在成長過程中，大半以上都曾遭受過美國人的歧視和欺負，他們無法理解，我怎麼可能完全沒有這種不愉快的經驗呢？

回想一下，我也覺得奇怪。在香港唸小學時，我已是全級年紀最小、身材最矮的一位，來美後因為又跳了兩級，比同班的初中同學小了兩年多，他們都已到發育時期，而我還是小孩子，在這群牛高馬大的同學中，簡直屬於小人國；而且全校只有我和哥哥是中國人，孤立無援，理應是被欺凌的最佳對象，可是我們不單沒有，反而因「與眾不同」，更容易結交朋友。

我總覺得當年之所以沒有被欺負，主要是因為受了李小龍的影響。

在香港時我們就學習中國功夫，來美國後又學習跆拳道，雖然外形矮小，但滿懷信心，從不怕人。再說當年美國人對中國功夫並不太熟悉，只知道懂功夫的中國人很會打而已，所以身材也不算高大的李小龍能被視為「世界上最危險的人物」。試想一名「大隻」的傢伙，竟被一名發育尚未健全的小子打倒，會是多麼丟臉？所以即使真有惡霸想欺凌我，考慮到這點也會放我一馬了。

如今通訊科技發達，美國人對不同的打鬥都有相當認識，更是 MMA 綜合格鬥的起源地，UFC 格鬥賽的創辦者，國際武打巨星中也有許多西方人。但在我成長期間，很多在美華人還是第一代移民，多較內向和怕事，又偏重讀書和賺錢，忽略健體與社交，加上文化和語言的隔閡，大部份仍未能融入主流社會。所以極具傳奇色彩的中國功夫與天下無敵的李小龍，在美國人眼中還是充滿東方神秘感。

看過《精武門》的人大概都記得，李小龍曾大聲提醒大家：「中國人，不是東亞病夫！」他的威望大大增強了在美華人的自信心和自豪感，令我們在美國人眼中的形象大為改觀。

我和哥哥在美國長大，卻沒有被欺凌或歧視的不快經驗，也許屬於幸運的少數。但李小龍在七、八十年代對海外華人的貢獻，和賦予我們這份難得的勇氣和自信，是現代的中國人難以理解的。

想起金貴祥

在香港讀小學時，劇集《功夫》是我最喜歡的美國電視節目之一。那是上世紀七十年代中的事了。

如果你是李小龍迷，相信對《功夫》也不陌生。因為該影集的主角本屬尚未成名的李小龍，也許當時荷李活對中國人尚無信心，最後選了不懂功夫的 David Carradine 擔綱，李小龍十分失望，才決定回港發展。

影集主角金貴祥是一名中美混血孤兒，撫養他的爺爺死後，在少林寺長大。後來因為師父被皇帝的親人殺害，他為師報仇後逃亡到美國，在無法無天的西部流浪，到處尋找在美的家人。途中他不斷被人欺侮和迫害，每次都在忍無可忍下，赤手空拳把暴徒們打倒，伸張了正義。

雖然我這功夫迷，對劇中的打鬥場面非常失望，但因為劇情十分有趣，尤其是金貴祥經常想起少林寺師父教導草蜢仔（年少的金貴祥）做人道理的那些片段，很有深度和真實感。外國人能拍出這樣的橋段，實在難得。

七十年代末移民到美國時，此影集依然非常流行，間接幫助我們更容易融入這陌生的新世界。因當年美國人對亞洲的認識非常膚淺，尤其是我的初中同學，常常好奇地問我，你也會功夫嗎？真的少林寺究竟是怎麼樣的？並不時引用影集中師父跟草蜢仔的對白來開玩笑。

後來我才知道，片中師父所講的道理，有點像中餐館籤語餅裏所錄的短句，原來大多是從老子《道德經》裏擷取出來的哲學名言。雖然我只學過一點點花拳繡腿，從未去過少林寺，更沒有讀過老子的著作，但在這盲人之地，單眼漢竟也成了中國功夫和中國哲學專家了！

影集兩個主要角色：為人低調忠厚、深藏不露、見義勇為的金貴祥，與雙目失明、慈祥悲憫、具有高尚道德觀的少林師父，均令人敬佩。片集有意無意間為中國人、中國功夫、中國文化加上一層神秘薄紗，從而倍添魅力，是美國影視界破天荒讓華人成為故事主軸，讓其大放異彩，令美國人對中國人的印象大大提升的製作。

由於《功夫》影集引發美國人對華人和功夫的好奇心，加上當年李小龍的英雄形象深入人心，所以美國的同學們很樂意接近我們，了解我們，尊敬我們，這對我們這一代生活在美國的華人，有着莫大的幫助。

不過，俱往矣，自從進入互聯網時代，世界變小了，要看少林寺甚至《道德經》，只要「一指神功」輕輕一點，一切歷歷在目。

神秘的東方不再神秘，老美眼中的中國人也不再是從前開餐館、開洗衣店勤勞樸素的三等小民，而是開跑車、買大屋、牛氣沖天的大爺們了。

然而，比起數十年前，美國人是否對中國人更了解、更尊重了呢？每個人都可能有不同的答案。但我知道，如果我今天才移民來美，再無金貴祥和李小龍的神秘魅力之助，恐怕要比四十年前艱難得多。

偶像占士邦

聽到打不死的原版正牌占士邦（James Bond）辛康納利（Sean Connery）走了的消息，十分惋惜。生長於千禧代的人，可能對 Marvel 漫畫中的鋼鐵人和蜘蛛俠較為熟識，但對「七十前」這班老骨董，鐵金剛 007 才是我們的 superhero。

電影除了是娛樂，還可以把觀眾送到一個幻想的桃園，暫時脱離現實世界。小學時我看的第一部占士邦電影，是辛康納利和 Eon Production 最後合作的《鐵金剛勇破鑽石黨》（*Diamonds Are Forever*）。我對這部電影的印象非常深刻，在戲院那兩小時內，它帶我環遊世界，欣賞了不同國家的風貌、各地的美女、尖端的科技、名貴的跑車，以至華麗舞會與豪華賭場等。現在大家富裕了，很多人有機會到過各國旅遊，甚至擁有自己的跑車和遊艇；但對一位七十年代生活在香港的小孩來説，占士邦影片的這兩個小時，簡直是夢中之旅，令人大開眼界。直至今天，每當有新的占士邦電影上映，我都必定在首映日捧場。

中學時看的占士邦片，多是羅渣摩亞（Roger Moore）演的。後來的皮爾斯布洛斯南（Pierce Brosnan）和現今的丹尼爾克雷格（Daniel Craig）演的也不錯。但占士邦就是占士邦，他高大威猛，刀槍不入，風度翩翩，富幽默感和自信心，是皇家政府御准殺人的大密探，是女人心中難得一見的紳士男神。而在男人眼裏，他智勇雙全，既會開飛機、賽電單車、跳降落傘，又精通滑雪、潛水、搏擊、賭博以至新科技，更了解各國歷史文化，連美酒、名車、衣着品味都無不超凡脫俗，簡直是超人偶像。女人喜歡他，男人崇拜他。

在大學和研究院時，每年都有「占士邦馬拉松週」，學院的大禮堂裏二十四小時不停播放他的電影，其吸引力可想而知。有了電子書後，我即到 Kindle 店買了 Ian Fleming 的占士邦全集，從 *Casino Royale* 讀到 *Octopussy and the Living Daylights* 共十四集，精彩絕倫。

還記得加入 MIT 葉教授的原子物理研究隊伍不久，他邀請我們去食晚飯，讓博士生研究群組的同學互相認識，多點溝通。有趣的是，他要求各人在自我介紹時說出自己心中的偶像是誰。自古至今，理科的研究生多是書呆子，大家的偶像要不是從前的愛因斯坦、牛頓、達文西，就是現代的理查．費曼、斯蒂芬霍金等，唯我例外：是占士邦！

霎時全桌人都愕然瞪着我，彷彿見到一個從火星掉下來的怪物。「占士邦是個虛構人物，怎能成科學家的偶像呢！」有位同學嘲笑地說。很明顯，他們都覺得我是個膚淺幼稚的小傻瓜！

但我一點也不感到尷尬，因為我說的是真心話。我覺得，精通一門學術固然重要，這也是我來讀博士做研究的目的；但要成為一位成功人士，要像占士邦那樣能文能武，具有廣博技能和知識，才能在種種環境和壓力下冷靜應對。

所謂偶像，其實就是我們心中景仰的人物，他具有我們夢裏難求的質素，擁有值得我們努力追求的某些東西。是虛構的超現實人物也好，是真實存在的傳奇人物也好，能啟發和激勵人們向上的就是我們的偶像了。八、九十年代香港人的偶像可能是四大天王和周潤發等明星歌星，現在就可能是大型新科技集團的創業者。

人各有志，偶像自然各有不同。我的偶像始終還是占士邦。您的又是誰呢？

母親節——媽打地

每一種文化都有獨特的方式來表達母愛的偉大，不過慶祝母親節，該是最普遍、最無邊界的代表。

有年復活節去倫敦度假，在商店看見母親節的推銷廣告，還以為忘記了這個大節日，回家個多月後又見到同樣的活動，才知道自己搞錯了。原來各國的歷史和傳統不同，有些節日的安排並無統一。

美國的母親節始於二十世紀初，歷史最短，但這個每逢五月第二個星期天的法定節日，應是全球最多國家慶祝的母親節；香港雖然曾是英國的殖民地，卻也跟了美國人在這天大事慶祝。須知在香港，賽馬大過聖旨，而母親節卻大過賽馬，每年這一天的賽事都被取消，提早於星期六舉行，以方便馬迷們在節日陪陪媽媽。

除了聖誕節外，母親節也是賀卡銷量最佳的日子，就連鮮花的生意也堪與情人節相比。我兩個女兒讀幼兒班時，老師便在母親節前教她們做手工藝送給媽媽。現

玫瑰花與賀卡是母親節必需的心意

在她們快上大學了，每年還是抽出時間，親手繪張母親節賀卡贈予母親，然後一起去食頓豐富的晚餐。

但我印象最深的，是移民美國後最初兩年的母親節。

我媽媽是大地主大家族出身，自小嬌生慣養，而且不懂英文，但為了幫補家計，也跟着爸爸到親戚的中國餐館做收盤碗（Busboy）兼帶位。她以燦爛的笑容彌補了語言的不足，與許多餐館熟客打成一片，很受歡迎。而 Busboy 的工作，也是直接與顧客接觸，相當於服務員的助手，所以每天的小費都分出小部份給她。很快我們知道，美國唐人俗稱的「媽打地」（Mother Day）是中餐館全年最忙碌的一天，也是小費收穫最豐的一天。

記得第一個馬打地的晚上，哥哥和我等到很晚爸媽才回家，心想他們一定累壞了，豈料他們雖然疲累，卻帶着滿臉興奮的笑容。大家馬上跟着媽媽到她房間，圍着她坐在厚厚的地毯上，然後她從褲袋裏掏出大堆一元美鈔——我們一家四口難得一見的大「小費」，開始一、二、三點數起來，每一張都是重重地擸在地毯上，拍拍有聲，是名副其實的「媽打地」。而我和哥哥就幫着一張張把紙鈔弄直，興奮得有如中了六合彩。雖然只有區區數十塊錢，但那種多勞多得的興奮，遠比我多年後在華爾街拿到大花紅還要開心。

跟着數年的「媽打地」，我們都是充滿期待地等着爸媽放工回來，然後到他們的房間，一齊點數新一年的「小費」，希望收穫比上年更多一些，直至媽媽沒有在餐館工作為止。這是我對母親節最深刻也是最美好的回憶。

當然我們還有父親節、兒童節、祖父母節等等，但對我來說，這些都是聊作點綴的節日而已，只有母親節才是最值得慶祝的大節日，因為每一位母親都是「為你做得最多事情的恩人」。

可是大家太忙碌，常常會把許多應做的事情忘記。不過無論如何，請千萬不要忘記母親節，並且一定要真誠地對母親說一聲：「媽媽我愛你！」

搬屋與搬家

我最怕搬屋。

第一次搬屋，是我十二歲從香港移民到美國時，要把我「全副身家」裝在一個箱子內，和大人的行李一齊託運。多年來收藏起來的公仔、貼紙和大型玩具，都不得不忍痛拋棄，首次領略到「上屋搬下屋，丟掉幾籮穀」的滋味。

讀大學和研究院時幾乎年年搬屋。好在家當不多，叫來三五位同學，一部大車子，然後請大家吃頓晚飯便大功告成。畢業後到紐約工作，適逢經濟不景氣，租金年年下跌，但你如不搬遷，業主不會自動減租，於是每年都不厭其煩幫襯唐人街的「人人搬屋」，愈搬愈大，愈住愈便宜。

後來公司把我從紐約調到東京，第一次見識了「職業搬運公司」的運作。原來搬遷工程和費用一概由公司負責，你大可「蹺起雙手」，自有人把每一件傢具、飾物、碗碟、用品分門別類，層層包裝，仔細裝箱；等到運抵新居，又逐一解封，然後依照你的意思安置妥當，總之從頭至尾完全不用你費心。但即便如此，還是覺得搬屋太繁瑣、太吃力。

接着結婚生子，傢具愈來愈多。經過多次搬家，竟給職業搬運公司寵壞，就算自己付錢也要僱用他們來幫手。但我天生節儉，不捨得扔棄舊物，明知無用也要裝進盒子，待搬到新屋再來處理。誰知這樣的廢物盒子竟堆積如山，足足佔據了整間儲物房，再也不清楚裏面裝的是甚麼。

很多常用的大傢具，例如客廳的沙發茶几、飯廳的桌椅餐櫃、睡房的大床箱籠、地毯、音響等等，都一直伴隨着我們，從紐約的上西邊到東京的代代木，再從東京的六本木到香港的淺水灣，足足二十多年，已成為我們生活的一部份。

最近孩子們都飛去美國讀書了，太太和我商定，在寸金尺土的香港，要實行「縮小尺寸」，換間較小的房子了。但因為房子小了，需要買一批較小的傢具，而跟了我們多年的大傢伙（包括儲物室裏的盒子），當然不忍心拋棄，於是又請來「職業搬運公司」，用貨船把它們運到美國的新居。沒想到的是，雜七雜八的，竟然塞滿整個四十呎大貨櫃！

由大屋搬入小屋，總有點不適應，小的傢具雖然也舒適，卻始終有點住酒店的陌生感，常會不期然想起陪伴了我們二十多年的舊傢具。

現在貨櫃已運達美國新居，我們也從香港趕來。待搬運工人把所有傢具搬進屋裏，並依照香港舊居的模式擺放停當後，攤開手腳和太太一起朝久違的大沙發上一坐，心裏不由湧起一股優游自得、溫暖安逸的感覺，好像經年流浪的漢子終於返回老家了！

家，是你與家人一起共同享受生活的地方。但如搬遷過頻，很容易失去歸屬感。這三、四十年來，因為讀書和工作的緣故，我常常四海為家，到處漂泊，不時在感嘆之餘，還會輕哼幾句許冠傑的「哪裏是吾家」。不過經過最近兩次遷徙，總算領悟搬「家」的奧秘：只要你仍然被相伴多年的老傢具包圍着，無論搬到哪個角落，都能深深感受到回到老家的溫暖。

懂享受的日本人

不知道是因為富裕久了，特別講究享受，還是因為工作壓力太大，下班後需要好好對待自己，日本人不知花了多少時間和心血，研發出種種稀奇古怪的產品。所以我們每次去日本，總會有令人驚嘆的發現。

記得二十多年前首次在東京公司上廁所，竟給弄得一頭霧水：裏面分明有幾格空着，怎麼還有人排隊等候呢？卻原來，公司最近安裝了 Washlet 智能馬桶，不過只有最後兩格才是，大家在等着「嘗新」呢！

這種智能馬桶，除了在你辦完事後，會自動用強力清水把你那個部位噴洗乾淨外，還有電暖坐板、抽臭風扇、吹乾風筒與噴水溫度、方向、力度的調控等設備。有個型號甚至有個「雜音」按鈕，按下後會發出聲音，把你方便時的不雅之音掩蓋。後來更進一步，你一腳踏進廁所，馬桶蓋即自動打開，至離開時又自動蓋合。

這種馬桶現已相當普遍，但在二十多年前，日本以外聞所未聞，因而由外國來

多次飛過壯觀的富士山，拍得不同視角的照片。

探望我的朋友，幾乎無不拽着褲頭從廁所衝出來，一邊高叫：「馬桶裏有個 Alien（怪物）伸出來向我噴水，弄得我全身都濕了！」不過廠家很快加了個感應器，這種狼狽相後來就少見了。

一套較完善的日式浴室，除了有智能馬桶外，還需有浴缸和淋浴間。老一輩的人習慣坐在小櫈仔上洗澡，年輕一輩就喜歡淋浴。不過不管怎樣，都須首先洗乾淨身體，才可以進入浴缸，慢慢享受溫泉般的舒暢。這是日本人每天下班後必做的事。一些新式的浴缸，還裝了時控器，只要預先設定你入浴的時間與水溫，就會自動操作。

當你全身鬆弛，軟攤攤地從浴缸裏爬出來時，浴室裏蒸氣瀰漫，一片朦朧，但牆上的鏡子卻出奇的清晰，貴體纖毫畢現。因為鏡子裏裝了電暖器，一如汽車玻璃的散霧器，會自動把霧氣消除。

室外白雪飄飄，家裏卻溫暖如春。有暖氣設備不奇，令人叫絕的，居然還有電暖地板。初時覺得有點多餘，但慢慢習慣了，又覺得蠻舒服，覺得日本人真聰明。

還有按摩椅，雖然現在連一些轎車的座椅都有此設備。但當年可不簡單，我第一次在伊勢丹百貨公司試坐後，即着了迷。那時二千多美元不算小數目，還是忍痛把它買了回家。之後十數年中，所有從外國來探訪我的親友，無一不一試為快，直至如今，魅力依然未減。

最奇妙是科技枕頭。如果你常打鼻鼾的話，那你的伴侶可能就有救了。去訂做一套啦，專家會仔細為你量度頭部、脖子、背部的角度，然後根據需要將不同份量的碳豆與棉花等特製材料，放進一個有五個不同大小隔室的枕內，再行精工縫製。記得我買過一套給爸爸，聽說他試用的第一晚，竟把媽媽嚇了一跳，趕忙把手指放在他鼻孔下，看是否仍有呼吸，因從未見過爸爸睡得如此安靜！

真要感謝日本人，發明了這麼多精妙的產品！不管白天工作多麼辛苦，當拖着疲憊的身子返回自己的安樂窩，享受種種新奇的設備，既可幫助減壓，恢復精力，又為煩囂的都市生活增添不少情趣和品味！

大屋之累

成功人士的象徵是甚麼？「住大屋」應算其中之一。在古老時代，想建屋買田必須具備真金白銀。記得小時常聽媽媽說，她的祖父是位非常成功的華僑商人，賺了大錢後回鄉買了許多田地，蓋了多座大樓，居所氣派簡直像皇宮一樣。

慢慢隨着社會的發展，只需儲夠首期，和有固定收入，便可向銀行做抵押貸款，以分期付款方式來購買物業。至於買大的還是買小的，就視乎個人的能力與性格而定了。不過由於可以借錢，「充大頭」的自然不少，因而單憑一幢房子，已不足以判斷一個人的財富了。但是無論如何，賺夠錢買座足以令人羨慕大屋，始終是許多人的夢想。

於是人人努力拼搏，有了條件就先弄個安樂窩，接着結婚生子，然後房子愈搬愈大。記得有位同事曾有此豪言：「人，永遠都嫌擁有的物業不夠多，因為你年紀愈大，會愈多小朋友，愈需要更多更大的房子，所以應該繼續買，在不同的地方買，而且要愈買愈大！」在你年富力強、事業如日中天的時候，有此想法可以理解。但願望與現實總會有些差距，有了大屋之後，煩惱之事可能接踵而至。

首先，房子的運作是需要費用的。如政府每年要徵收地稅，佔地愈大，校區、環境與財政狀況愈好的地方，稅額愈高。其次，不少社區都有管理費，如紐約市內的豪宅，動輒數千元一個月，十分昂貴。此外還須維持物業的外觀，如庭園的花草樹木需依時整理等。倘若房子位於下雪的北部，即使空着，冬天也要開着暖氣，否則水管會因結冰而爆裂。諸如此類，所以即使沒有向銀行貸款，也因為一闊三大，所費不貲。有家底的問題還不大，如果是打工的，工作一旦有變動，事態就嚴重了。

大宅寬敞舒適，當然好住。尤其有群孩子在身邊，整天樓上樓下嘻嘻哈哈，不知多麼熱鬧快樂。可是不多久，一個個上了大學，各自到世界不同的地方自立門戶，一年未必能回來一次。大宅變得空空蕩蕩，冷冷清清，不知甚麼地方有點聲音都會嚇人一跳。還有，要兩位老人獨自打理偌大的房子，也愈來愈覺得吃力了。所有這些都是當初買屋時沒有想到的。

我有位住在紐約郊區的朋友，房子又大又華麗，鄰居也非富則貴，校區更是一流，所以地稅每月近一萬美元，再加上水電雜費，一般人就算租來居住恐怕也承擔

當年美國首富 Vanderbilt 家族在 Newport, Rhode Island 的度假屋 The Breakers 早已變成博物館

不起。朋友的孩子都已高飛，兩個人住得這麼大，既浪費又寂寞，最近就準備把它賣了。

哪怕是超級富豪油王和鐵路大王 Rockefeller 與 Vanderbilt 家族在羅德島州 Newport 市的多幢巨宅，因為維修費用過於昂貴，也只落得兩個下場：有歷史價值的可給政府或某基金會做博物館，否則多被廢棄以至拆卸。至於我媽媽的祖屋，由於時政與移民的緣故，結果也是被拆掉或棄置，老祖宗的心血白費了！

於是大多數人的情形是：年輕時房子愈搬愈大，年長了房子愈住愈小。但與其如此，為何不腳踏實地，預早精打細算呢？

惡人先告狀

美國律師最多，聽說超過一百萬名。之所以這麼多，是因為美國人最喜歡訴訟，幾乎隨便挑一件小事，都可以控告一番。可不是玩玩而已！著名的提神飲品紅公牛（Red Bull），多年前被一位消費者告上法庭，說被他們的廣告誤導，喝了十年他們的飲料，也未能長出翅膀，像廣告中的飛人一般振翅高飛。結果為了息事寧人，庭外和解，紅公牛付出一千三百萬作為賠償基金。

法律的目的，是為保障人民的安全和權益，維護社會公義。但美國的法制有許多灰色地帶，常被人利用來謀取快錢。我最近就被官司纏身，所以對這種事有特別深刻的體會。

我在南加州有套公寓，租給一個頗為友善的南亞裔新移民家庭。因為我們也是移民，感覺份外親切，他們有何需要，總是有求必應。可是不久鄰居投訴：「你租給多少人住呀？吵雜極了，而且每晚兩三點還開爐動火，整宵轟隆轟隆的響着，我的床頭剛好對正你們的爐頭，萬一半夜起火……」

不怕一萬，最怕萬一，不幸竟被鄰居言中：有晚凌晨兩點，廚房的微波爐突起火！幸虧消防人員及時趕到，火勢很快被撲滅，住客也全部安全撤離。但廚房和樓上一個睡房還是被燒毀，鄰居也被波及；更因保險手續繁多，整整花了兩年時間維修，才得重新入住。

微波爐為何會起火？我懷疑住客把金屬品如刀叉之類放進裏面，但他們說沒有，也就罷了。為了幫助他們盡快安頓下來，兩天後就在同一屋苑為他們找到一處居所，之後彼此仍有交往。

誰知一年後，我收到律師信，說是代表我的舊住客控告我，因我公寓的微波爐在半夜無端起火，不但令他們損失了傢具，更令一家四口和另外四位訪客遭到驚嚇，精神飽受「創傷後遺症」困擾，八人共索償數百萬美元。

原來該律師行的合夥人皆為他們的同鄉，得悉火燭消息後「見義勇為」，主動去找鄉親，免費為他們「伸張正義」，但如贏得賠償，則須平分共享。

這是甚麼道理？他們燒了我的房子，令我損失慘重，我都沒有追究，如今竟惡人先告狀，反而要我賠償天文數字給他們，包括四名租約之外的非法住客！

經過一年多的擾攘，我深切了解當年紅公牛公司被告的無奈。幸好有保險公司的律師為我出頭，最後達成庭外和解，由保險公司賠償八萬元，才讓這場噩夢畫上句號。

經一事長一智，以後做事必須從法律的角度着眼，先把自己和家人保護好再說。所以不管你喜歡與否，我們確實需要律師。

窮狗與富狗

考慮了多年，我們終於養了一頭玩具型小狗，是朋友送的，取名 Penny。我們喜歡旅遊，此時小 Penny 就只能留在家裏由家傭看顧。家傭每天傳來照片，見 Penny 總是一副神情落寞、憂鬱不歡的樣子，可知多麼寂寞。為此我們決定替牠找個伴，於是又有了 Coco。

Coco 是在寵物店買的，一頭茶杯型貴婦狗，十分可愛。家裏忽然多了個小妹妹，以為 Penny 會嫉妒爭寵，誰知牠們就像兄妹一樣，常常滾作一團，玩得非常開心。

可是很快就發現，Penny 和 Coco 的行為和性格完全不同。

只見每次開飯的時候，牠們都會特別興奮。但要是開飯的時間和我們相同的話，Penny 總會先走到我們飯桌邊來，期望賞牠幾件可口的「點心」，而置狗糧於不顧。Coco 就不同，看見我們拿着牠的碗走來，馬上就跳着把嘴巴伸過來，狼吞虎嚥，吃得非常起勁，一兒會就一掃而空，連周邊的地板都舔得乾乾淨淨。

每次便後，我都給牠們一點獎勵性的零食。Penny 總是先嗅嗅味道才吃，而 Coco 卻迫不及待，一啖就吞進肚裏去。

Penny 非常淺眠，聽到一點小小的聲音，都會醒過來。起初我還以為這是動物自保的本能，有了 Coco 之後才知道，有些狗入睡後，把牠抱走也不會醒。

還有，Coco 特別好動，一聲「去玩」，立刻樂得蹦蹦跳跳，爭先走在前頭；雖然 Penny 也喜歡外出，可是到了街上，就會渾身發抖，非常緊張，總要緊緊的傍着我才敢走。而在「遊車河」時，Coco 可以乖乖地坐在我旁邊，不打擾開車，而膽小的 Penny，一定第一時間跳上我大腿，要我保護，所以只好把牠放到後座。可是如果車開得過快，牠會暈車、嘔吐，常常弄得很狼狽。

看到這兩頭可愛小狗不同的性格，我不禁要問：這是天生的還是人為的呢？後來想起多年前看過一本叫《富爸爸．窮爸爸》的書，覺得狗狗可能跟人類一樣，性格和行為也與出身背景有關。

Penny 在名獸醫手中誕生，備受主人寵愛，斷奶後離開媽媽，繼續得到我們的呵護，可謂豐衣足食，無憂無慮。所以牠揀飲擇食，不習慣睡眠時被騷擾，無疑是頭富狗，嬌生慣養。

我的兩頭愛犬 Penny 和 Coco

Coco就不同，牠在寵物店出生，因為賣點是小巧，店主不想她長得太快，每天僅給小量食糧，經常挨餓，見到食物自然要把握機會，不輕易錯過。而牠當初所住的玻璃籠，每天都有無數人在外面敲敲碰碰，故已習慣在人來人往的環境中入睡，不怕被騷擾。

當然，這只是我個人的看法，況且環境可以改變人生，何況是動物！轉瞬間，Coco來到我家差不多一年，像灰姑娘變成了公主，漸漸也跟Penny一樣，懂得揀飲擇食了。而我的窮狗富狗論，也顯得荒謬了。

食了飯沒有

「食咗飯未啊？」即問你吃了飯沒有，這話可能是廣東人見面時最常用的問候語。有次一位老外朋友問我這是甚麼意思，在我直接翻譯後，發覺此話原來相當有趣。

為甚麼廣東人很少說「午安」或「晚安」，而問人吃了飯沒有呢？如果正是進食的時間，當你用英語這樣問朋友，他肯定會誤會你想約他一起用膳呢！

此外，當你的同事或朋友幫了你個忙，你多半會說：「真多謝，得閒請你食飯！」或你無意中開罪了朋友，也會說：「對不起，下次請你食飯補數啦！」

我媽媽形容有錢人的時候，常會說：「他這麼富有，想食甚麼都可以啦！」我就會問她：「那妳有甚麼想吃而沒有錢買啊？」

我唸書的時候，媽媽最記掛的也是我的肚皮，常常問：「你在學校夠不夠食啊？」

記得多年前，有位姨媽病重，我聽到她的親人都在安慰她説：「妳康復後，要好好享受一下，想食甚麼就買甚麼食啦，知道嗎？」就我所知，這位姨媽雖不十分富有，但家境也不差，相信她早已想食甚麼就買甚麼的了。

由此可見，中國人，特別是廣東人對吃是多麼的重視，這可能是中國人長期在食物短缺下磨煉出來的求生之道。

尤其是近百多年來，飽受天災和人禍的蹂躪，不知多少人給餓慌了、餓壞了、餓死了，在我們祖輩的腦海中，不時還會浮現餓殍遍野的慘象。他們知道一穀一米皆來之不易，豐衣足食僅是一個願望與祝福，而不是天生就有的權利。

所以，一句「食了飯沒有？」就像「你好嗎？」一樣，既是出於真誠的問候和關懷，也是下意識地給人一個忠告與警惕，要我們珍惜每一餐。

經過數十年的奮鬥，中國終於富起來，饑荒已不存在，反而因為飲食過度而出現健康問題。尤其是都市裏的人，大家都忙於拼搏，睡眠嚴重不足，人們見面的第一句話，會是「你昨晚夠睡嗎？」而不再是「食咗飯未啊？」

不過，地球上還有許多地方在鬧饑荒，「食飯」依然是個嚴峻、重大的問題，希望「食咗飯未啊？」還能説下去，繼續提醒大家珍惜食物。

儀態的演變

每一個地區，都有她一套獨特的習俗和禮儀。記得七十年代的香港，有誰飯後來個飽嗝，不會有人覺得他失禮。

而門庭若市的茶樓，餐桌旁必有個痰罐，客人和侍應都常用，也沒有誰會覺得不衛生。

跟親友一起用膳時，用自己的筷子夾菜孝敬長輩，更是一種禮貌。不過如果你有感冒，食飯時要擤鼻涕，那就失儀而且令人討厭了。

我移民美國後，很快留意到打飽嗝是被視為十分不雅的事，和放屁差不多，反而在進餐時大擤鼻涕，卻可以被接受。

七十年代的香港，電暖水爐尚未普及，大多家庭洗澡洗頭要燒熱水，極不方便，所以多數人數天才洗一次頭。

尤是長者，甚至要查過「通勝」才洗，因而許多人有頭皮屑，商店還有「梳篦」

賣，可買來把頭皮屑梳去。

記得我移民美國不久，一位同學見我的頭髮像颱風過後的亂草，問我今天是否沒有洗頭，我才如夢初覺，知道美國人原來每天起床必定洗頭洗澡。我的姨媽更甚，由於預約了理髮師電髮，便數天不洗頭，打算過幾天一次過「搞掂」。豈料理髮師見她的頭髮又髒又亂，覺得恐怖，要她回家洗乾淨再來。

我唸小學時身體孱弱，是名鼻涕蟲，褲袋裏必有一條「手巾仔」，以備不時之需。聽聞這習慣是受了英國文化的影響，既環保又方便，不像美國人用紙巾，一次就扔掉。

可是把一包「雲吞」塞在褲袋裏，還一而再的拿來用，是多麼不衛生？到美國後被人看見，會把他們嚇壞！入鄉隨俗，此後我就不再用手巾仔了。

二十多年前初到日本，在街上見到很多人戴着外科醫生口罩，有點摸不着頭腦，難道日本有這麼多醫生嗎？後來朋友告我知，如果有點傷風感冒，就應戴上口罩，以免傳染他人。

原來日本人都很有公德心，從此我也更加注意公共衛生，見到有人沒戴口罩在咳嗽或打噴嚏時，會覺得此人多麼自私和不講衛生。

昨天在一家法國餐廳用膳，見對面桌有位美女一手掩着嘴巴，一手在「撩牙」。以現時的儀態標準來看，這是完全沒有問題的。但我估計，十年八載之後，這將會跟打飽嗝一樣，會被視為無禮，要「撩牙」只能到洗手間去，飯桌上怕再沒有牙籤供應了。

以上的例子説明，隨着生活水平的提高，人們對衛生的要求會愈來愈高，禮儀標準也會漸漸全球化。現在公筷、口罩、濕紙巾隨處可見，而從前那些現在看來十分失禮的舉動就幾乎絕跡了。這該是各國文化交流和互相影響的結果。

嫌錢腥

廣東有句俗語，如你過於浪費，或不大在乎金錢，會被譏笑「嫌錢腥」，意思與「發錢寒」恰恰相反。不過到了近代，各國政府都在逐漸壓制現金流通，大家似乎真的嫌錢腥了！

記得初出茅廬在紐約華爾街工作時，每次跟老闆們出外吃喝，結賬時總見他們從褲袋裏掏出大疊現金，當着大家的面數錢找數，不知多麼豪氣。

我就是在那個「現金就是皇帝」的年代成長的。那時可與現金一樣直接流通的，只有支票。每個月投資銀行給我出糧，都是一張支票，我支付房租、水電費等，也是寫張支票。銀行為了讓出遊的人便於攜帶，還發明了旅行支票，相信千禧一代的人都未見過。不過支票在兌現時往往需出示證件，稍嫌不便。

除了港美，現在支票已不大流行，尤其是個人支票，歐洲幾已絕跡。我在日本住了十多年，甚至從未見過一張個人支票；要繳付甚麼費用，都是在 ATM 以戶口

部份被淘汰的紙幣：右上角的港幣變成硬幣；意大利里拉、比利時法郎和希臘德拉克馬，均被歐羅取替。

轉賬或在便利店用現金支付的。至今大概只有日本還是現金天下，連信用卡的用量都遠不如歐美和香港。

信用卡發源於美國，在八十年代普遍化後，現金結算便漸漸被取替。從此美國人的褲袋裏至少有三、四張信用卡，而可能不帶分文現錢；特別到了網購時代，現金更無用武之地了。

從九十年代起，香港也跟歐美一樣，大部份買賣都改用信用卡，尤其有了八達通後，「一嘟就掂」，用現金交易更少之又少，只有包紅包、坐的士、給小費、買報紙等小額支出，才偶爾派上用場。

至於公司出糧、房屋買賣等大筆交易，都改為搬字過紙，直接由銀行轉賬，根本見不到錢的影子了。

大陸更不用說，從二〇〇九年第一封電子紅包起，很快就跳過現金、支票和信用卡關卡，舉凡購物、吃飯、坐車等種種消費，都是用手機在支付寶或微信等平台進行。自此只怕手機沒電，不怕沒帶錢包，便捷之極。

不僅大陸，近年歐美不少政府，都想把現金趕盡殺絕，因為在電腦系統以外的金錢不易監管。歐洲去年便停止發行五百歐羅的紙幣，美國也在研討是否不再印行一百元鈔票，印度更在數年前就把兩張最大面額的五百和一千盧比作廢，連香港的千元大鈔也被不少商家拒用。尤其在新冠肺炎爆發後，大陸要將收回的現鈔消毒，美國也說因少了人出街消費，零售商缺乏現金找贖，又怕帶菌，呼籲民眾少用。看來大家確是嫌錢腥了！

就算美國央行近年在實施量化寬鬆中所「印」的銀紙，也只是聯邦儲備銀行電腦賬簿上的一些項目，而不是人們所想像的真鈔。而當今在世界各地流通的一萬九千億（約 $1.9 trillion）美元現金，實際上僅為美元廣義貨幣供應量（M2）的百分之十；大陸更少，市場上大約一萬億美元的現金，僅為人民幣 M2 百分之三至四左右。現金在今天經濟系統的地位，愈來愈低，「現金是皇帝」的日子，恐怕已成過去了！

打字與拼音

我在美國唸高校時，最容易也最實用的一課是打字。還記得老師上課時播放「Tea for Two」，讓我們跟着拍子練習。當年電腦尚未普及，功課和作文都在打字機上做，能不看鍵盤快速而準確地把字打出來，是一項重要的技能。

電腦時代來臨後，大家更手不離鍵盤。懂打字的比「兩指族」效率高，看起來也更專業。畢業後工作，發覺只需把鍵盤稍作修改，還能把大多數語言通過打字快速輸入電腦。連慣用單字的韓語和日語也不例外，前者有Hangul拼音系統，後者有hiragana和katagana，唯獨中文沒有。當時我就想，電腦不會「執字粒」（揀鉛字），頂多用部首和筆畫輸入，實在太難。而用拼音呢？又因中國方言太多，無從着手。如同屬廣東省方言的香港話，就不易與我家鄉的台山話溝通。翻譯更難，因為沒有統一的標準，單是我的姓就有多種英文拼法，至於Manhattan被譯成民鐵吾，更令人摸不着頭腦。於是我有點擔憂，中國人如何追上電腦時代呢？

其實我是杞人憂天，中國為了掃除文盲，提高國人的文化水準，早在一九五〇年代就大力推行文字改革，一邊實施漢字簡體化，一邊制訂拼音方案，並法定普通話為國家語言，所有學校要用普通話上課，讓十多億人漸漸有了統一的語言。這和秦始皇統一文字同樣重要。

講方言的人學普通話，多從拼音開始。我爸爸的年代，大家用的是「鬼畫符」般的注音符號。後來由 bo po mo fo 注音系統演變而成的「漢語拼音」，採用了標準英文字母為音符，一套現代及完善的普通話拼音系統終於誕生了。從此每一個字都有標準的寫法和讀音，不但普通話更易「普通」化，連數十年後出現的中文電腦化問題，也迎刃而解了。

我是其中一個得益者。記得十年前首次上北京公幹，我的普通話弄得主持人都有點不好意思，禮貌地要求我改說英語，令我羞愧萬分。

回家後即決心學好普通話，方法就是從基本拼音開始，用英文字母來拼讀不同的生字。雖然至今還講不好，但每有機會打中文短訊，都會盡量用拼音來練習。尤其有了智能手機後，遇到不懂拼音的字，可到谷歌的翻譯去找，即學即用，十分便利。

老一輩的僑胞可能和我父親一樣，在手機或電腦上打中文，多用倉頡、四角碼、九方或手寫。這些系統都不需要懂英語或普通話。但英語仍為國際語言，標準的鍵盤都用英文字母，如會普通話，可用漢語拼音打字，會快捷許多。

不論中文會否成為國際語言，普通話確已成為「國」語。作為中國人，即使為了趕潮流，學好普通話也是需要的。讓我們一同來體驗一下，這套古老的拼音系統在半世紀後的今天，對中文電腦化與普通話普遍化所作的貢獻吧！

筆畫與書法

我兩個女兒都是在日本長大，中文只懂一點點。記得多年前學寫自己的名字時，把筆畫次序搞錯了，還爭辯說：「筆畫不重要，寫得出來就行啦！」

無可否認，在今天的數碼時代，「寫」中文大多用拼音、電子手板、直接讀入電腦或手機等方法，無須記得怎樣把字完整寫出來，只要認得該字即可。

記得九十年代初到日本工作時，見好些東京大學畢業的同事都寫不出幾個「漢字」，曾懷疑他們的教育水平。後來才明白，原來日語早已拼音化，只要記得音符便能把字寫（打）出來。數十年後的今天，中國人不也走上同樣的捷徑，連「寫」字的需要都沒有了，還講甚麼筆畫次序呢？

不過每次見人把我中文名的筆畫寫錯，仍不免感到有點彆扭。名中的「健」字這麼普遍，他們還是寫了「人」字旁後，跟着寫「艇仔」，然後才寫艇內的部份。

我們年少時學中文，每個字的部首、筆畫都須牢記，否則查字典時就會老鼠拉龜，無從入手。可是如今，連查中文字典的方法恐怕都失傳了，這筆畫次序還有意義嗎？

但中國文字又是一門藝術，而這種藝術的形成，又與她獨特的造型和繁多的筆畫密不可分。因為要把字寫好，表達出她的能量與靈性，就必須寫出她每一點一畫的力度與連貫性，此時需要清楚記得每個字的筆畫次序和整個結構，這是學寫中文最基本的要求，否則就可能成「鬼畫符」了。

從前，字寫得端正好看是好學生的象徵，所以學英文草楷時，需在「五行紙」上練寫；學中文正楷時，要用墨硯毛筆，在書法字帖上練習。雖然字寫得美觀與否，理論上應與個人的智慧無關，但能寫得一手好字，多少能反映出他的性格和興趣，如他的組織性與耐性等。

沒錯，筆畫的次序與字體寫得端正與否，正如我女兒所說的，已不重要，能把字寫或打出來已經足夠，不應再不切實際、吹毛求疵了。但是近代人的生活，在飽暖之餘，還要求活得有滋味、有聲色，因此除了錦衣美食、洋樓汽車外，還要有好的文學、藝術、歌舞、電影、電視以及NBA、蘭桂坊等精神、情趣方面的東西來調劑，來增添生活的魅力和姿采。現在我們或許無須知道中國文字的歷史、來源和演變，但作為一種知識、藝術或愛好，她奇妙的形態和意象，以及構成每一個字的特定筆畫次序，還是值得我們銘記和鑽研的。

女兒離巢

每年美國的軍人紀念日，就是學校暑假正式開始之日。今年（二〇一八）暑假前，大女兒高中畢業，戴上了第一頂「四方帽」，不覺間這小寶貝已長成一位婷婷玉立的小大人了！

以現時的標準來說，中學畢業雖不算是一大里程碑，但仍是大多數青少年人生一大轉捩點，因他們將從此遠離家園開始獨立生活。對父母來說，子女長大成人當然開心，但是忽然之間就要分離，也是個一時之間很難面對的轉變。有朋友問我，參加畢業典禮時有感動嗎？我說除了開心之外，沒有甚麼特別的感覺。可是兩個月後要送女兒去大學時，就完全是另一回事了。

從女兒準備搬去大學那一天起，我便知道她羽翼已豐，馬上要遠走高飛，至少要半年以後才能再見了。因為我也是一樣，入了大學，除了聖誕和第一個暑假會回家短住外，其餘的假日不是忙於功課，就是跟朋友去旅行，回家的時間愈來愈少。

大學或研究院畢業後，哪裏有好工就搬到哪裏去，開始忙碌的職業生涯。況且世界這麼大，到時天各一方，一家團聚的機會就更難得了。所以我心裏明白，過去十多年朝夕不離的寶貝，以後每年能見兩三次面可能也是高估了。

女兒早已悉心把她最喜歡的衣裳、日用品和心愛的娃娃打包裝箱。去年暑假曾一起去看了多所大學，偏偏就沒有去要就讀的這一所，相信她心裏一定充滿猜測和期待吧？幸虧這是我三十多年前畢業的母校，我非常興奮能重回這充滿美好回憶的校園，來為女兒做導遊。

因為路途遙遠，坐了大半天飛機，傍晚才到達學校附近的酒店。放下行李，便急不可耐要去學校看看。

女兒幸運，她的新居——未來一年的宿舍，雖然老舊簡陋一點，不過地點方便，又是單人房，所以她還是很開心。

次日大早就把行李搬進宿舍，再陪女兒去開手機賬戶和銀行戶口。然後她去參加新生「Orientation」（持續三天的學校介紹團），我就去替她買日用品、延長插頭、電風扇、檯燈、簾布等小傢具。

為了保留無數代華人留學生的傳統，還為她買了個小型電飯煲和一小包大米，以及好幾包即食麵，我才安心。

我除了充當司機和苦力外，還趁着她忙於 Orientation 的活動，兼職做了室內設計師、三行師傅、水電工等等，盡量把她的小房間弄得舒適雅潔一點。晚上她如有空，更是隨叫隨到，爭取多見幾次面，對她問長問短。要是在平時，她一定嫌我煩了，但這幾天，在她興奮愉快的笑臉背後，可以隱約看到她有點想家，有點離愁了。

到我要離開那天，我們先去餐館吃了午餐，再陪她回校舍。原以為經過了這繁忙的幾天，到說再見的一刻可能會容易一點。但我錯了，她雖然依舊笑着，可是當我察覺她有點不捨的眼神時，我的眼淚幾乎奪眶而出，於是趕緊把太陽鏡戴上，給她一個擁抱，說聲好運，匆匆轉身離開。

回到車內，苦樂參半的心情中我把收音機調至八十年代流行榜電台，好讓思憶沉醉在大學時代的歌聲中，然後依依不捨地慢慢駛離校園，開向機場。

途中忽然想起一首詩：「悄悄的我走了，正如我悄悄的來。我揮一揮衣袖，不帶走一片雲彩。」徐志摩實在太瀟灑了，這一刻我做不到。

換車

要不要換車，是許多人常考慮的問題。

數月前發覺我的汽車引擎機油有點異樣，入廠檢查後，師傅說修理費要比車值高得多，是時候換新車了。

很多人喜歡每隔四、五年就換新車。這不一定代表他們喜新厭舊，因為一般汽車過了保養期就開始出現問題，與其不斷支付昂貴的維修費用，不如忍一時之痛換部新的。

我是汽車發燒友，對車的要求十分嚴格，選車有如選伴侶，總是千揀萬揀，選中後就不作他想。

在美國十六歲有駕照後，爸媽便買了一部全新的福特野馬給我。同學都以為我是富家子弟，因為美國人很少會花這麼多錢買新車給子女。其實我們僅是小康而已，只因中國人多以子女為中心，寧可自己省儉一點，總要盡力給他們最好的。

從那時開始，這野馬就一直陪着我長大。至博士畢業搬進紐約曼哈頓工作，有個週末從波士頓開回新居，途中在被視為紐約治安黑點的南布朗克斯（S. Bronx）意外拋錨，幾經考慮，才終於忍痛把它送給朋友。

後來搬到東京，結婚生子，便買了一部大笨（Benz S-class）給太太，及一部跑車給自己。自此大笨不但成了太太的代步工具，甚至成了孩子的流動小屋。先是大女，然後加入小女；從放一張 BB 安全椅，到放兩張兒童安全椅；從播放兒童喜歡的 Winnie the Pooh、迪士尼聖誕歌，到播放 Barney 的恐龍歌、Barbie CD 等。每天接送她們上學放學、去餐廳、去商場、去旅遊，日復一日，年復一年，大家都對這大笨有了深厚的感情。

金融海嘯後不久，我們搬到香港。因為太太沒有在香港開過車，所以把她熟識的大笨一同運來，而我心愛的跑車因為是左軚，只好留在東京。不過太太很快就習慣她的新車，大笨便成了我的主駕。本來也想換部新的，可是香港的二手大笨比乞丐還要多，根本不值錢，而我的大笨性能還很好，外表內籠也光潔如新，而且孩子們特別喜歡乘坐這時光膠囊，感覺好像回到東京一樣，都捨不得賣掉它。

轉眼間，大笨在香港的時間比在日本還要長，來港時大女還上小學，如今已是

堅仔駕了十年的法拉利、二十年超過 123,456 公里路程的「大笨」、與從中學至華爾街的野馬。

留學美國的大學生。自她出生至今，大笨忠誠地為我們家服務了整整十八年，聽到車廠的師傅説該換車了，我竟耿耿於懷，總在設法使它能捱到小女上大學那天，才讓光榮身退。

但是朋友們很不以為然，都説香港地狹人稠，車舊了就應「劏」，勿阻礙地球轉。的確，舊車的燃油消耗、廢氣排放都遠較新車大，對環境的破壞力也特大。因而有人提議，香港應借鏡新加坡，利用經濟與獎罰等手段鼓勵車主舊車換新。事實，新加坡的舊車確比香港少得多。

如此説來，我是真該換車了！

師傅

「師傅，你的老闆甚麼時候要車？」多次我把汽車駛進香港的停車大廈時，泊車員都會這樣問我。週末有時把車停在路旁等候家人，也會有其他司機過來問：「師傅，可以把車開前一點嗎？」

他們用「師傅」來稱呼我，不是因為知道我懂功夫，而是以為我是職業司機。在香港，對所有技術勞工，諸如汽車司機、三行技工、電器與機械修理員等，人們都禮貌地稱之為「師傅」。

起初，我還以為常被人誤會，是因為我家兩部汽車的型號（一部七人車，一部四門大房車），在香港大多是由職業司機駕駛的緣故。

但有個週末我要回寫字樓，在大廈保安處登記時，保安員竟很沒禮貌的對我說：「裝修的要去那邊登記！」幸好另一位保安員認得我，把我帶進升降機。至此我才恍然大悟，被誤會的主要原因，恐怕是原於我的衣着和外貌！因為每次被誤會，都是在週末或假期發生的。

受了美國生活的影響，凡在公餘時間，我的衣着都很隨便。尤其是在炎熱潮濕的香港夏天，穿的多是A&F、Hollister等牌子的T恤與短卡其褲，着的則為平底懶佬皮鞋或運動鞋，可說是典型的美國休閒裝。也許太隨意太簡樸的休閒衣着在香港還不大普遍，於是就容易被誤視為「勞工服」與「師傅裝」了。

我天生矮小，皮膚又較黑，衣着和外貌都不大像個典型的香港人，或許也是被誤會的另一原因。

但無獨有偶，我有位新加坡朋友，也是投資銀行的高級經理，長得挺高大的，因為膚色同樣較黑，又在外國生活多年，週末也愛穿休閒裝，有天開着新買的電動車去半山探望朋友，大廈的保安員竟也當他是外勞，很不客氣的查問他是送甚麼貨來的。

我在美國和日本生活時，從未有過這種經驗。我想，倒不是香港人特別「勢利眼」，而是因為香港大多數家庭多聘有菲律賓或印尼「外勞」，或者有些人多少還有點「先見羅衣後見人」的舊習，因而不覺間會憑衣着和膚色去區分陌生人的職業和地位吧。

最有趣有個週末，我女兒高校的樂隊要去老人院做義工，為老人們表演古典音樂。由於我有部七人車，她便約了樂隊其他成員在某地鐵出口集合，讓我把他們和所有樂器一起送去。

不料女兒回家後，立即大笑道：「哈哈！你在老人院放下我們後，有位同學不勝羨慕的對我說：『你真幸運，請到一位又友善又周到的好司機！』」瞧！連我女兒的同學都誤以為我是「師傅」了，逗得全家不禁笑作一團。

我是個很開朗很豁達的人，常被誤會為「師傅」或「外勞」，都只會付之一笑，還常當笑話拿來與家人和朋友分享。

不過不論「師傅」也好，「外勞」也好，都是應該受到禮遇和尊重的。

戴口罩

這大半年（二〇二〇），香港口罩的需求量大大飈升。從去年六月開始的「社會行動」，大多參與者都戴着口罩，加上今年新冠肺炎引起的恐慌，口罩賣到斷貨。不過在二〇〇三年沙士（SARS）風波之前，如你在街上戴着口罩，人們會以為你是外星人。

我九十年代首次到東京工作時，見到處有人戴着口罩，還問同事，怎麼日本有這麼多外科醫生？同事笑了半天才告訴我：「他們不是醫生，這裏的人患了傷風感冒都會自動戴上口罩，以防傳染他人。」

我暗自佩服，原來日本人這麼有公德心，因整天戴着口罩肯定並不舒服。但很快我也適應了這個新的衛生標準，見到咳嗽而不戴口罩的人，會覺得他沒有公德心，很討厭。

後來又見到同事在外面戴口罩，返回辦公室馬上就除掉，又不明白了，難道室內反而不怕傳染嗎？卻原來，他並非生病，只是有花粉症，口罩可以把花粉隔濾，減少鼻敏感的機會。自此我才明白，戴口罩有兩個不同的目的：一、預防細菌傳播，保護他人；二、防止細菌或花粉入侵，保護自己。

起初我還以為，日本人戴口罩，就跟當年的自洗廁所板和按摩椅一樣，都是「日本限定」的現象。後來聽爸爸說，五十年代他在北京讀書時，和當地所有人一樣，冬天出門必戴口罩，因為可以禦寒。我是孤陋寡聞了，原來口罩還有第三個用途！

在新冠肺炎初期，從新聞報道中所見的口罩，多屬於外科醫生專用型，即預防細菌傳播給他人的第一類。這種口罩通常有三層：外層的紗布可阻隔大粒的粉塵，中層的過濾膜可阻隔細菌，內層附有潤滑劑，則可令佩戴者較為舒適。所以當時我就想，如口罩中的隔菌膜是單方向的，那麼把口罩反轉來戴不就可以用來保護自己啦？只可惜內層的潤滑劑太多，外向時可能沾染更多細菌。

後來在網上做點功課，果見不少人在說，把外科醫生的口罩反轉來戴可以保護自己；當然也有人提出反戴的反效果。正當我模棱兩可之間，發覺市面有很多第二類型口罩，即目的用來保護自己那一種。原來口罩的質量分很多級，而且不同國家有不同的測試標準，不過都以隔濾細菌的多少為依據。

日本最強的口罩聲稱可濾去 99% 0.1 毫米（PFE 級）甚至 0.03 毫米（VFE 級）的微粒，而 SARS 爆發時期的大功臣，則為 N95 型口罩，可濾出 95% 0.3 毫米的微粒，足夠濾隔 SARS 的病毒。

我於年三十晚去日本滑雪，恰好香港進入預防新冠肺炎緊張關頭，飛機上所有人都都戴上口罩。

到日本後數天，緊張程度大升，不少親友打短訊要我幫他們在日本買口罩，說香港已經斷市，我即到酒店藥房買了大批 VFE 級的。

但即使戴了 VFE 級的口罩，病菌仍有機會從眼睛或口罩的邊緣入侵。而一般沒有經過級數測試的外科醫生口罩，對防禦新冠肺炎的作用，可能比想像中要低。因而最重要的，是要所有帶菌的人都戴上口罩，才能防範病菌噴散到各處。當然，最好的方法還是盡量避免去人多的地方，以及勤洗手。希望大家平安度過這風波！

學子逃難

世界本已變化得很快，在新型冠狀病毒下更覺得有點束手無策。

還記得（二〇二〇）兩個多月前的年三十晚前夕，內地新型冠狀病毒已開始爆發，但在香港的地鐵裏，大約只有三分一乘客戴口罩。我們年初一抵達日本苗場滑雪場時，酒店商場裏還有口罩出售。至初十回來，香港所有學校早已關閉，我讀高校的小女兒已改成在網上上課。外國朋友都勸我早日離開香港，暫到美國避難。但我總覺得躲在香港的家裏，遠比坐長途飛機安全得多。

當內地和香港的疫情稍微緩和時，突然聽到美國的大學開始封閉：最先是華盛頓大學和斯坦福大學關門，接着哈佛宣佈所有學生需在五天內離開校園！數天後的週五，我大女就讀的大學也宣佈轉到網上上課。

她就讀的大學位於美國中西部，理應比東西兩岸的大學安全，故宿舍保持開放。她說沒有同學打算回家，她也不想返港，大家不喜歡在十二小時的時差下上課；最後決定待她隔週考完試後再作打算。我上網看看機票，並不太貴，亦覺得暫時無須太過緊張。

誰知二十四小時後，她說很多同學都走了，所住的 sorority 也快要關閉。再看看機票，票價竟然飈升了四倍！突然間，整件事變得萬分火急，好像大難臨頭，要趕快把女兒從戰火中救出來一般。且疫情每況愈下，直航機票一早賣光，聽一些家長說，有的要出天價才買得一張，甚至要環遊大半個地球，才能抵達香港。當天凌晨四時，我終於訂到一張週六凌晨出發，經蒙特利爾（Montreal）回港的單程票，覺得像中了六合彩一樣開心。

不到一天，又聽到加拿大和美國準備封關；初時美國人還可豁免，後來又升級為「非必要旅行者，一律不許入境」。那麼女兒在蒙特利爾轉機算不算入境加拿大呢？領事館和航空公司都沒有答案；航空公司的熱線錄音則說至少要等三小時才有人接聽電話。為防萬一，最後決定改訂不經加拿大的航線，但唯一不須兜大圈的，需在西雅圖這個高危疫區轉機。然而夜長夢多，唯恐一、兩天後情勢又會改變，連美國國內都可能禁飛，唯有硬着頭皮接受了。

歐美的疫情瞬息萬變，更如晴天霹靂的是，美國所有大學突然宣告封閉。美國學生還可坐車回家，眾多外國留學生卻在一夜之間變得無家可歸，必須在數天之內，把所有家當存儲或拋棄，再把必須的行李塞進旅行袋盡快走路，真不知多麼狼狽！

這突然而來的「大回流」，令冷清多週的機場一下子亂作一團，不少航班延誤或取消，使本已心慌意亂的學子們更像無主孤魂，驚惶失措，真是可憐！

我有位朋友的子女，也是到了機場才知道班機取消，幾經兜轉，花了兩三天才終於抵港。還有位朋友的女兒春假後返校，不料學校正要關閉，於是又趕緊回港，誰知同行中有人中招，下機後即被送去醫院接受隔離觀察，幸好檢驗結果屬陰性，住了一晚醫院便回家檢疫，總算有驚無險。

我女兒還好，僅在西雅圖轉機時苦候了六、七小時，抵港時又剛開始實施十四天強制性家中隔離。不過能平安歸來已算萬幸，全家都樂意和她一起呆在家裏，以確保平安。沒想到的是，本來打算去美國避難，豈料香港才是安全島。

疫中攻打四方城

打麻將香港人叫打麻雀或攻打四方城、打牌、開檯。它可以是賭博、消遣，甚至是手腦兼用、鍛煉智力與耐力的有益遊戲，據說有預防老人癡呆之效。

新型肺炎爆發後，小女即在家網上上課，留學美國的大女也在大學關閉前趕回香港，在家接受十四天隔離。

香港政府沒有規定家人要與回流者一起隔離，我覺得這樣不大安全。聽朋友說打算讓孩子獨自關在自己的睡房中，事實上也不實際。我們決定效法新加坡，全家留在家裏，集體自我隔離十四天。但這十四天該怎樣打發呢？我提議：「開檯啦！」

家裏沒有麻雀牌麻雀檯，趕忙去灣仔買一套回來，決定在這十四天內，將中國國粹之一的「打麻雀」傳授給女兒們。

其實我也是半桶水。記得移民前，每逢假期外婆家多打麻雀：舅父與他的朋友在大廳打「甲組職業賽」，我、哥哥、表妹和外婆就在睡房打「業餘友誼賽」。一毫子一局，自摸或出銃就兩毫；不懂計番，僅對清一色、對對糊、十三么等名詞略知一二。移民美國後，就沒有再碰過麻雀了。

出乎意外，事隔數十載，我雙手的肌肉記憶竟比腦袋還要好：疊牌、推牌、摸牌、出牌的手勢，都還十分靈敏利落；打骰子時，「九，自己；十一對家剩七」，竟能衝口而出。

太太的麻雀術比我好，是我們學計算番子的老師。女兒們起初有點雞手鴨腳，上、碰不分，但畢竟年輕，幾圈打下來便收放自如，噼噼啪啪的，大有青出於藍勝於藍的架勢。

女兒們因長期居住日本，廣東話說得不好，我便乘機迫她們學習，每次出牌都要大聲說出牌名。她們也很聰明，一索叫雀仔，三筒叫斜牌，八筒叫葡萄，八萬叫大導，三索叫貓鼻或底褲等，都能很快記熟；而上、碰、降、自摸、叫糊、食糊、雞糊、截糊以至游乾水、三缺一、打番幾圈、洗牌、疊牌、摸牌、做牌、卡窿、單吊、叫糊、詐糊、大相公、小相公等麻雀語言，也能朗朗上口。初學時難免被截糊或食詐糊，有時甚至截糊後方知食詐糊，倒也搞笑。

一家四口在劈里拍啦的麻雀聲中，樂也融融地避疫，也算在世紀災難中得到一點撫慰吧！

可憐的留學生們

新冠肺炎在全球爆發後，美國的大學今年（二〇二〇年）三月起紛紛關閉，在校寄宿的學生必須在封校前離開，留學生們頓時成了無主孤魂：有的急於買機票還鄉，有的根本無家可歸，不知有多徬徨。

我女兒就有同學受影響：一位的父母在香港工作，卻因不是香港永久居民，疫情下女兒無資格回港；另一位的家人剛從香港搬去新加坡，香港已無房子，新加坡又不許家屬入境，正到處尋找棲身之所；還有多位剛大學畢業，怕出境後不能再回來，只好留下找工，而在港的父母又不許來美探訪，唯有天天在FaceTime上見面。諸如此類的際遇，着實不在少數。

我小女剛高中畢業，也和大學一樣，二〇二〇是最不逢時的畢業年。在高中最後半年，本是中學時代最期待、最開心一個學期，他們為了考入好大學，多年的努力終於大功告成，可以大大鬆一口氣，享受多姿多采的「終極學期」。

誰知整個學期都被困在家裏，在網上度過，無數派對、高班逃學日（senior skip day）、旅行週（senior trip）、年末舞會（prom）等節目統統被取消，甚至差點連拋四方帽的機會都失去，多麼令人失望！

往年這個時候，也是留生們興高采烈，準備踏上留學生涯的關鍵關頭。豈料疫情日益嚴峻，多數學子所嚮往的美國早已鎖國，不是在籍公民或有居留權者，一律受入境管制。

同時，美國地方大，大學多，不同的大學用不同的方法應付疫情：有全部改在網上授課的；有採取混合式，少人的課在課室上，多人的課則在網上教的；還有以年級劃分，如畢業班的學生可回校上課的；甚至有縮短學期，好給不同年班的學生輪流分享校園生活的，種種色色，着實令初次離鄉背井的學子們進退兩難，束手無策。

而且這些措施不僅影響選課，還涉及簽證法例。不久前美國移民和海關執法局突然宣佈：大學如採用全上網式授課，留學生的簽證會被取消，已來美的也需盡快離開。這無異雪上加霜！留學生們屢次到領事館申請簽證，多在約定日期數天前突被通知取消，或僥倖獲得簽發了，也是空歡喜一場。

然後，法案被否決，大家再接再厲繼續往領事館跑。好不容易簽證終於到手，誰知當局又出爾反爾：如新入學的學生僅參加在線課程，還是不允入境！結果不少獲得了簽證，或到了必須繳付學費時仍未獲批的，都只好忍痛放棄，讓孩子等一年「gap year」再作打算。

記得新冠肺炎爆發時，親友們都勸我立即離開香港，飛回美國避難。誰知數星期後，病疫已殺至美國，大女兒像逃亡一般，急忙從大學飛回香港。至今美國的疫情還沒有受控跡象，香港雖然也不很妙，還是比美國安全得多，於是朋友們又勸我的女兒們也來個「gap year」，在香港多呆一年半載再說。

可是半年或一年後，疫情會好轉嗎？還是這樣的光景已成我們必須面對的「新常態」了？大家都不知道！我已把女兒們去美國的機票訂好，但是未到最後一分鐘，也不能保證不會改變主意。

疫下港美行

讓孩子們空檔一年（gap year），或留港在網上上課好嗎？經過再三考量，終於在開學前數星期決定：一齊飛去美國，帶剛開始大學生涯的小女入學。這是我們在疫情下首次離開香港。

出發那天，跟很多乘客一樣「全副武裝」：長身雨衣、口罩、護眼罩、膠手套應有盡有；上機後更如置身醫院，空姐們的全白色保護裝備比我們更加齊全。

飛抵首爾轉上美國的飛機，立即發覺美國人對疫情的態度與港人截然不同：我們是唯一穿着長身雨衣的乘客，而美國空姐除了戴上口罩外，跟疫情之前並無分別。尤其抵達美國後，海關官員只想知道我們有沒有攜帶多過一萬元的現金，完全沒有提及與疫情有關的問題，更沒有任何隔離的要求。

大學鎮裏的人，也是處之泰然：室內還大多戴上口罩，室外就較少；有的就算戴着，也是拉到鼻子甚至下巴下，或只綁片手帕或 Bandana 就算。我們初時有點擔心，不過想到這裏人人自駕出入，人口密度又低，沒有因電梯和公車過於擁塞造成的感染，很容易實行「社交距離」，所以還是覺得比香港更為安全。

女兒開學後，該回港了。因美國跟孟加拉、埃塞俄比亞、印度、印尼、哈薩克斯坦、尼泊爾、巴基斯坦、菲律賓和南非一起被香港列為「高風險」國家，從美國飛來的航班須在起飛前七十二小時做病毒核酸測試（如非直航，或需在起飛前五十小時內測試），和具備該化驗所屬 ISO 15189 的認可證。我足足打了十多小時電話，也找不到任何化驗室或醫院可在這麼短時間內取得核酸測試報告，甚至無人知道「ISO 15189 認可」是甚麼回事。

數天後，終於有家診所的老闆聯絡到他僱用的化驗所，願意為我們的樣本做特別安排，在取樣本的第二天把報告發出。然後我又花了幾個小時，在電話與化驗所的經理研究，才找到香港政府所需的 ISO 15189 認可證明。

在美逗留了一個多月，近朱者赤，回時已不像來時那麼緊張，雨衣、護眼罩和手套都沒戴了。有了陰性化驗報告、認可證明和十四天隔離酒店的預約，上機和轉機都很順利。

翌日晚上十時準時飛抵香港，只見整個機場只有我們大約十名乘客需要辦理入境新冠肺炎測試手續。機場上雖有很多人員在不同崗位忙碌着，但最關鍵的一個步驟：索取深喉樣本，竟然不是由護士來做，而是在無人監管下，讓乘客自己吐口水入紙杯內！這輕率的措施，頓時令我對整個入境防疫手續失去信心。

更費解的是，折騰了大半夜，至淩晨二時才搭上巴士去政府安排的酒店，等候測試結果。但第二天起來，證實再次陰性後還不准回家隔離，而需自費入住酒店隔離十四天，又豈非過分謹慎了？難道政府對美國和機場的雙重測試都信不過嗎？

回想美國的放任自流，和香港的百密一疏，真有天壤之別。美國人為了戴口罩的規例都要遊行抗議，如果還需自費在小房間「監禁」十四天，還不連天都鬧翻了？但拿兩地的疫情一比，縱使香港付出的代價較高，也不禁為香港人的自律感到驕傲和自豪！

輯四

樂在其中

舊歌新唱

「斜陽裏，氣魄更壯，斜陽落下，心中不必驚慌，知道聽朝天邊一光新的希望……」我每次聽到羅文唱的這首經典金曲，就不由想起小時候躺在沙發上看日劇《前程錦繡》的情景。很奇怪，好聽的老歌總有一種非凡的力量，可以超越時空，把你帶回遙遠的過去。

我為了跟上潮流，日前買了一張雜錦勁歌CD，不料竟被女兒取笑：「現在還買CD！為甚麼不在網上下載呢？」被她一問，倒使我想起數十年來我們聽音樂的一些習慣和演變。

一九七〇年代的香港，多數家庭已有收音機，但同時擁有唱機的就不多；即使有，也沒有那麼多錢去買唱片或錄音帶。所以喜歡聽歌的人，會特別留意電台的點唱節目，偶爾聽到一首好聽的歌，會立刻坐到收音機旁仔細欣賞。

一九七七年，爸爸終於買了一套「身歷聲」唱機，「聲音四邊走」，一時恍如置身音樂廳，可算是那個時代最尖端的科技產品了。有了這樣一套既可聽唱片又可錄歌的寶貝，徹底改變了我聽歌的模式。

也不知道花了幾多時間，我把喜歡的歌曲從唱片錄到錄音帶上，製成了我的私人流行榜。先是安排歌曲的次序、快慢，計算每首歌的長度、時間，再調整音量的大小，十足一位唱片騎士與小監製呢！郊遊時，把錄音帶插進手提收音錄音機裏，就有了「移動的音樂」。

移民美國後，我學會開車，汽車更成了「流動音樂廳」。還記得在中學時代，不管你開的是哪個年代的老爺「錢七」，那不重要，重要的是車裏配備了多勁的唱機和喇叭。

後來Sony發明隨身聽Walkman，配備一個可以繫在皮帶上的小盒子，只要放進錄音帶和帶上輕便身歷聲小耳機，即可隨時隨地享受一流質素的音響，再次把流動音樂推到另一個境界。

一九八二至八三年間，Phillips和Sony發明了CD，傳統塑膠唱片的一哥地位迅速被取代，唱片界的面貌又為之一新。

二〇〇一年末，蘋果的iPod面世，錄音帶終於被下架。你可以把電腦上的歌曲下載，在上網買歌，收進任何一個蘋果產品後，即可同步用所有蘋果媒體來聽歌。如果收藏得太大，甚至可以放上「雲端」，在任何有 wifi 的地方，即時下載來聽。現在更有 Spotify 等訂聽服務，可隨時在它龐大的音樂庫裏選出你喜愛的播放名單（playlist）。從此之後，我的錄音帶就少用了。

慢慢地，錄音機一部接一部壞掉，所有錄音帶也在衣櫃的角落裏蒙塵。

據說美國出產的汽車，從二〇一〇年起就正式淘汰了錄音帶機。但意外地，我在兩年前買的一部二手車，還可以播放錄音帶，於是又把多年來累積的骨董搬出來，放到車裏。

也許是緣份吧！沒想到數十年前錄下來的老歌，音質依然未變。聽着自己在不同年代所錄下的私人流行榜，會勾起不少美好的回憶，這部二手車也就成了時光倒流機，大大提高了我開車的樂趣。

可是，日前開車上班，正陶醉於許冠傑的「拜拜，又要走啦咁快……」時，美妙的歌聲突然變成了高音急口令。原來唱帶被唱機「吃」了進去，要花好長時間才把磁帶從裏面扯出來，但最終還是於事無補，整部唱機就此報銷。

可能是巧合吧！或者上天要告訴我，是時候向前看，擁抱新時代了！

手錶的命運

最近哥哥送了隻智能手錶給爸爸，並成功與手機連結，現在爸爸隨時可在手機上看到心跳速度、步行數次、睡眠質素等數據。當他把這隻新生代手錶放在半世紀前所買的「靚錶」旁，我不由想起，傳統的手錶在這數碼時代還能生存多久呢？

記得年少時，「金勞」（金勞力士）是有錢人的象徵；爸爸的歐米茄（Omega）也算「靚錶」之一，而星辰、精工等則較為普遍。多數錶需要上鏈，自動錶雖說自動，不戴一兩天也會停下來。後來有電子錶，用數字顯示時間，電影裏的占士邦都戴着它。之後石英錶開始普及，功能也愈來愈多：計時、鬧鐘以至計數機等都有。從此手錶只需換電池，不用上鏈了。

在波士頓讀研究院時，開始留意瑞士 Swatch 系列鮮艷的顏色和大眾化價錢。當時歐洲的手錶業已被日本的石英科技打得落花流水，就是靠 Swatch 的創意和平民路線，才不至全軍覆滅。

九十年代我進入華爾街工作，發覺瑞士機械錶（上鏈與自動錶的統稱）在此復活了。因為手錶可說是男士唯一的「首飾」，不僅備受華爾街一族的關注，甚至有標誌性作用。稍有地位的小銀行家固然有一隻，連訓練班的同事也紛以機械錶的類別來揭示自己的「品味」和偏好：斯文派多戴入門版勞力士，運動派多戴潛水錶或因飛機師傳統佩戴而聞名的百年靈（Breitling）；石英錶在這裏排不上檔次。

尤其是二〇〇八年金融海嘯前數年，華爾街人都賺到盤滿缽滿，不僅肯花錢，還要別人知道他最有品味。他們以為複雜就等於品味，於是功能複雜的高級手錶人氣爆升：動力儲存顯示、月相、雙秒追針、萬年曆、陀飛輪乃至三問報時等等，結果百達翡麗（Patek Philippe）的型號被背誦得滾瓜爛熟：「你想買三九四〇？我覺得五〇五九的升值潛力高一點。」

我的老闆最厲害，擁有多隻獨一無二、由百達翡麗廠專門為他個人設計、包括有「三問」功能的特別型號。據說那「三問」錶裏的小鑼，報時能發出異常清脆的美聲，是機械錶愛好者們夢寐以求的終極體驗。至於價錢，三問也好，陀飛輪也好，如果手上沒有六位數字美元的零用錢，請勿問津。

金融海嘯之後，銀行家們風光不再，以為瑞士錶要再度熄火，豈料中國經濟崛

左上：Breitling 的 Navitimer 系列都有圓形計算尺，供飛機師計算之用；Panerai 這款 44mm 直徑潛水型號掀起了大錶熱；Breguet 的沙皇覺醒型設有罕見的機械鬧鐘。

右上：第一代的 Franck Muller 比 25 週年紀念版小巧得多！

右中：Chanel 的茶花系列深受女性歡迎。

右下：卡地亞可說是女裝名錶的表表者，而 Baignoire、La Dona 和 Panthere 則堪稱經典中的經典。

左中：Patek Philippe 的型號號碼被粉絲們唸到滾瓜爛熟。圖中為經典的 5054，近來供不應求的 5712 和較罕見的 4825。

左下：七十年代的名錶：歐米茄和勞力士，至今仍被「愛戴」。

起，名貴手錶更加供不應求。一位相交多年的金牌手錶銷售專家告訴我，大陸的豪客尤甚於當年的華爾街闊佬，他們不但不議價，甚至一買就十多隻，常常名錶一到即被搶購一空，以致出了句金句：「想買個靚錶，一定要與這錶有緣份！」

最奇怪是手錶愈出愈大。這潮流應是由意大利海軍供應商Panerai掀起的。大約在二〇〇三、〇四年間，這隻四十四厘米的巨型潛水錶突然非常流行，賣到斷市，要等半年才有新貨供應，其他錶廠為求分一杯羹，爭相仿效，以致蔚然成風。現在誰手上仍戴着三十二厘米直徑以下的腕錶，行家一看便知是十多年前的骨董了。

如今大陸反貪肅污，有錢人不敢再張揚，名貴手錶的銷量明顯下降，加上有了手機，九十後沒有戴手錶的習慣，不知道十年之後，手錶會否跟隨身聽（Walkman）、傳呼機、鋼筆等恐龍時代的用品一樣，被淘汰為博物館的文物呢？

不會的！對於手錶愛好者來說，需要與慾望是兩回事。一隻由大師巧奪天工精雕細刻出來的機械錶，是一件可隨身攜帶的精緻絕世藝術品，有着永恆的價值。

我深信手錶有九命，不會被數碼時代淘汰。

駕車的樂趣

這個夏天，我女兒在洛杉磯考得駕駛執照，是她成長的一大里程碑，一家人非常開心。但我在想，電腦操控自動駕車的科技一日千里，在不久的將來，可能就沒有考駕駛執照的必要了。大家都認為這是好事，我卻覺得有點可惜。

交通的目的是把你從A點送到B點。多人來往的地方，必有巴士、地鐵等公共交通工具服務，想方便快捷一點，還有的士和Uber。不過很多人還是喜歡自己開車，尤其自從私家車普遍化後，擁有一部豪華房車是大多人的理想。

有人愛車如寵物，如情人，甚至視車為自己的流動之家，是暫時與塵世隔絕的聖所。

我記得有位車迷說過：「車比屋好，你可以睡在你車裏，但不可以駕着你的屋走。」車更有一種神奇的魅力，就算你的車跟別人的一模一樣，也總覺得自己的特別有型，就像父母總覺得自己的寶貝，是全世界最漂亮的孩子一樣。

對駕駛未有足夠信心時，駕車時難免會有點壓力，但當熟練之後，卻可以帶來無窮樂趣。風和日麗，在藍天碧海的岸邊兜風，會給你一種自由自在的感覺；在狂風暴雨中，汽車是你的保護罩，會給你一種鐵包皮的安全感；尤其是在夏天的晚上，開着開篷車「遊車河」，會令你身心舒暢。如你開的是跑車，在彎曲的路上風馳電掣，左腳踏離合器，右腳踏油門，一手在方向盤，一手在排檔，恍如一級方程式的車手，更會令人熱血沸騰！

十多年前我在日本工作，壓力甚大，所以買了部法拉利獎勵自己。為了試一試新車的性能，看極速是否真的可達三百公里，於是開進了東京灣的 Aqua-Line 隧道。這是日本最直最長的隧道，全程九公里，出來是個美麗的人工島。因為進入隧道要收三十美元，一般人都嫌貴，使用的車輛稀少，結果成了車迷們開快車的好去處。

我在這裏挑戰這部「意大利躍馬」的極速。緊扣安全帶，並把被震系統調到最硬的「Race」模式。每推上一檔，就感到隧道的駁口愈來愈密，兩旁的路燈愈走愈快，而我的心則愈跳愈急，幾乎與輾過駁口時那韻律性的震盪相配合。

不久，燈光與引擎的聲音開始把我催眠，把我帶進禪的境界。當車速錶上的指針到了時速 296 的位置，感覺到前面的車子愈走愈近，才馬上把車慢下來。

當年在東京的法拉利 456，具有 12 汽缸和 6 速手動波箱。

直至上了人工島，心還在跳，去洗手間洗了把臉，冷靜下來，才意識到此舉多麼危險，真是可一不可再。但這樣的經驗，也是畢生難忘。

以後，假如所有私家車都是由電腦軟件自動駕駛的話，交通可能會更方便，更安全。但旅程將變得淡而無味，駕車的樂趣將蕩然無存，生活中將少點動力與文化，那又太可惜了。

攝影情懷

去年女兒上攝影課，需要一部膠卷相機，我就從儲物櫃找出兩部退隱多年的舊相機給她。再次見到這兩部曾伴着我走遍世界各地的老爺機，勾起不少美好的回憶。

年少時，我爸爸是名攝影發燒友，擁有多部相機。因為我們弄不懂那些複雜的「磚頭」，拍照都是由爸爸一手包辦。

一張普通照片，至少也須經過三個程序，即拍攝、沖洗底片與曬相。通常是在週末的晚上，我們把床單掛在窗上，把客廳變成黑房，爸爸將事先沖好的底片放入放大機，讓膠卷裏黑白相反的影像投射在相紙板上，再經剪裁、對焦和曝光，然後把相紙放入顯影液裏，不久影像便慢慢浮現出來。這玩意對當年的我來說，真是新奇又有趣，好玩極了。

爸爸常說甚麼光圈配合甚麼快門速度，何時應用標準鏡或廣角鏡，或日間與夜晚又要用不同速度的底片等等，十分複雜。不過看得多了，對攝影就有了點認識，上大學時，便帶了他最小最輕便的 Rollei 35 回學校。他說此機很有歷史價值，曾是全球最小巧的三十五厘米型號，既可放在褲袋裏，又能拍出高畫質的照片。多年來，我生活和旅遊的照片都是用這部迷你型相機拍攝的。

後來因為去非洲看野生動物，需要一部可換長鏡頭的相機，才買了部 Nikon 單鏡反光機。此時，相機已進入電子化和自動化時代，對焦與曝光變得很簡單，只需對準景物，一按即可。

當年仍用膠卷，每次拍攝都是十分小心，不輕易「謀殺底片」，因為一筒膠卷只能拍二十四或三十六張照片。

跟着，就是望穿秋水、心急如焚的等待，因沖印需時，至少一星期後才有照片看，不像現在一小時可以取貨。但當你把一包包照片帶回家和親人分享，看誰最「上鏡」時那種緊張和喜悅，又會覺得比大考放榜得了第一名還要開心。

抗拒多年後，終於在十多年前買了第一部數位相機。這種全新的產品給人帶來意想不到的便利：輕巧，易攜帶，一張記憶卡可以走遍天下；同一景物可以拍攝多次，再也不怕「謀殺底片」；而且即使百中取一，仍可通過電腦為照片加工，至到滿意為止。

現用的「全片幅」大炮、當年全球最小巧的 35 厘米 Rollei 35，和已被手機取替的「高檔傻瓜機」。

不過世事無絕對，過於方便又帶來了不方便的煩惱。孩子們長大後，每人都有一部數位相機，每當遇到一個好景點，太太和孩子都想用自己的相機拍一張單人照，而我又想有張集體照，於是被迫做了「連環攝影師」，手持多部相機，逐一拍完單人照後，再來拍「全家福」；有時為了立即傳上網路，還要用各人的手機再拍一次。這還沒了，返回酒店後，即各自埋首電腦，忙着把相片下載、修改，再上傳到網上與親友分享。旅行原是最好的家庭活動，豈料這寶貴的溝通時間竟給照片佔去了大半。

此外，由於照片拍得太多，想選些印出來放入相簿，倒成了非常乏味的瑣事，所以漸漸就不印了。

時代在變，不料又變回原形，相機廠為了滿足攝影迷的需求，高級數位相機愈出愈大，竟恢復傳統膠卷相機的外貌。

我去年買了部「全片幅」單鏡反光機，再配上長短鏡「大炮」，結果每次出遊，又跟從前一樣，身上掛滿大大小小的配件，好不累贅。

但我是不會貪圖方便放下「大炮」改用手機的。我還喜歡翻看舊相簿，常想起當年等待看相片時那種充滿期待的感受，覺得相簿裏的照片才是真正的照片。這恐怕是數位時代的人不大容易理解的吧！

球迷

看球賽是不同國家、種族、文化的民眾都非常熱愛的娛樂。我的少年時代正是香港足球熱的年代，球迷無數。南華對精工，簡直萬人空巷，早早擠爆大球場；還有英超、歐洲杯和世界杯的大球星，球迷都能如數家珍；尤其是巴西球王比利，誰人不愛？

七十年代的香港，球賽還沒有電視直播，爸爸也只帶我到政府大球場看過數場甲組聯賽，所以當年「聽球」多過「看球」。我和哥哥都是南華迷，逢有南華賽事，必定守在收音機旁，聚精會神聽「講球明星」何鑑江或何靜江生動鬼馬的現場講述。鋼門仇志強、前鋒黃文偉和胡國雄等，都是當年香港偶像級的大名人。

來到美國後發覺沒有人看足球。不過美國的運動其實更加豐富多樣，一年四季都能看到精彩激烈的比賽。最受歡迎的有四大：美式足球、籃球、棒球和冰曲棍球。

我初到美國時，覺得美式足球又怪又複雜，運動員穿得像外星人，整場比賽老是跑來跑去，扔球接球，橫衝直撞；抱着球闖過底線或在End Zone內接到球才得高分，把球踢入龍門竟然只算安慰獎，叫足球簡直名不副實，叫跑球或碰碰球似乎更為貼切。

但懂得這種足球的打法和規例後，我倒成了它的忠實「粉絲」。雖然由於身形矮小，不可能參與比賽，還是買了個欖狀的怪球，常和哥哥在後園練習扔接，望能像四分衛（Quarterback）一樣扔出完美的螺旋，像外接員一樣可敏捷地飛身接球。

讀大學後，觀看美式足球更成了我生活的一部份。每場比賽都坐滿十萬球迷，身置其間，會情不自禁大聲為校隊歡呼喝彩。經歷過這種熱火朝天的大場面後，才知道超級杯比賽的門票和電視廣告費為何會如此昂貴。

不過，過去二、三十年氣場最勁的運動卻是NBA籃球。記得八十年代中葉，我搬到波士頓讀研究院，即成為NBA的球迷。當年的波士頓凱爾蒂克，是全美數一數二的籃球勁旅，其主將大鳥柏德（Larry Bird）名震全美；而洛杉磯湖人的魔術強森（Magic Johnson），確有魔術般的身手；特別是芝加哥公牛的「空中飛人」麥可喬丹（Michael Jordan），他那驚人的彈跳力，不知風靡了多少人。二〇〇二至二〇一一年來自中國的姚明也曾紅極一時，還把NBA的熱潮帶回中國去。

好笑的是，我媽媽移民美國不久，不會說英文，連漢堡包都接受不了，居然比我更早成為NBA的粉絲。她因為讀不出球星的名字，就給他們改花名：例如波士頓的大鳥柏德叫「摸鞋佬」，因為他每次出場前都先用手把鞋底的髒物拍打乾淨；而底達律的丹尼斯強森（Dennis Johnson）叫「斯文鬼」，就是因為他舉止斯文，與其他粗獷的勁將不同。

至於近代名將，則有「大狀元」詹姆斯，因為他是近年最令人矚目的第一選秀之一；「脫衣佬」杜蘭特，因為他有個邊走邊脫衣服的廣告：最近加盟湖人的「粗眉」戴維斯，因為他有兩道擠成一線的濃眉……。

由此可見，體育運動是可以跨越種族、語言、文化和國界，把世界拉近的。像每隔四年舉辦一次的世界杯，就是一件令全球矚目，令萬國民眾一同開心、激動、歡呼的大好事。所以請大家不要小看球迷的作用。

媽媽是 NBA 的大「粉絲」，愛到紐約和羅省捧場。

媽媽是 NBA 的大「粉絲」，愛到紐約和羅省捧場。

畏高與笨豬跳

你畏高嗎？畏高是人類生存的本能，試圖克服這恐懼會給我們帶來刺激，也為生意人帶來商機。

去年我帶孩子們去芝加哥玩，一起上了威利斯大廈（Willis Tower）一百零三樓的瞭望台。二〇〇九年這裏增建了伸出樓外四呎多的玻璃窗台，走進去彷彿站在一千三百多呎高空中。這種玻璃地板的噱頭在大峽谷的天空步道見過，並不覺得可怕，我們還在玻璃地板上倒立拍照呢！

挑戰畏高，機動遊戲較多選擇。印象最深是南加州樂慈百利坊（Knott's Berry Farm）裏的 Xcelerator，強力的液壓彈射器，突然把靜止中的過山車，在數秒內以百多公里的時速衝上兩百多呎高處，在空中停留片刻，然後垂直墜下，真把人嚇壞！

賭城高塔（Stratosphere）塔頂的 BigShot 和 Insanity，也各有千秋。前者為「跳樓機」，一下子把你彈上十多層樓高又跌下來，讓你在千多呎高空尖叫不已。後者則是部機械旋轉機，用吊臂把你所坐的椅子伸出塔外，在高速旋轉中不時把椅子拋後，令你面向千呎下的人海，感覺隨時會掉下去。

但真正把我嚇壞的，並不是機動遊戲機，而是澳門大塔的「空中漫遊」。這漫遊的「步道」離地七百多呎，圍繞着塔頂伸出來，像頂帽子的邊緣，沒有任何扶手。剛踏上去尚不知驚，低頭向下一看，但見人車如蟻，便不禁全身酥軟，冷汗狂冒。而領隊竟還挑戰我們，要大家學他又跳又跑，甚至放開抓着繩子的手，腳踏邊緣，倒着背向後伸！須知整個人就靠這一根「安全繩」拉着，魂魄早被大風吹走，哪裏還敢鬆手！

最後大家在步道邊緣坐下來拍照留念，我懸垂的腳還在不停打顫，怎麼也擠不出一點笑容來。豈料女兒們還想繼續玩笨豬跳（Bungee Jump），要從步道邊跳下去！幸好她們不足十八歲，需要家長批准，我當然不批，說甚麼也不批。

太太還是我女朋友時，我們曾在泰國的布吉島玩過笨豬跳。記得進場時，有個日本人剛跳下，正在彈上彈落，像個失控的溜溜球，嚇得殺豬般呱呱慘叫。見到此情景，一位同行朋友臨陣退縮。我也在猶豫，無奈女友的腳已被橡皮筋綁上，為了不失男人氣概，唯有咬緊牙根跟上。員工可能知道我害怕，剛上跳台就大聲叫倒數：

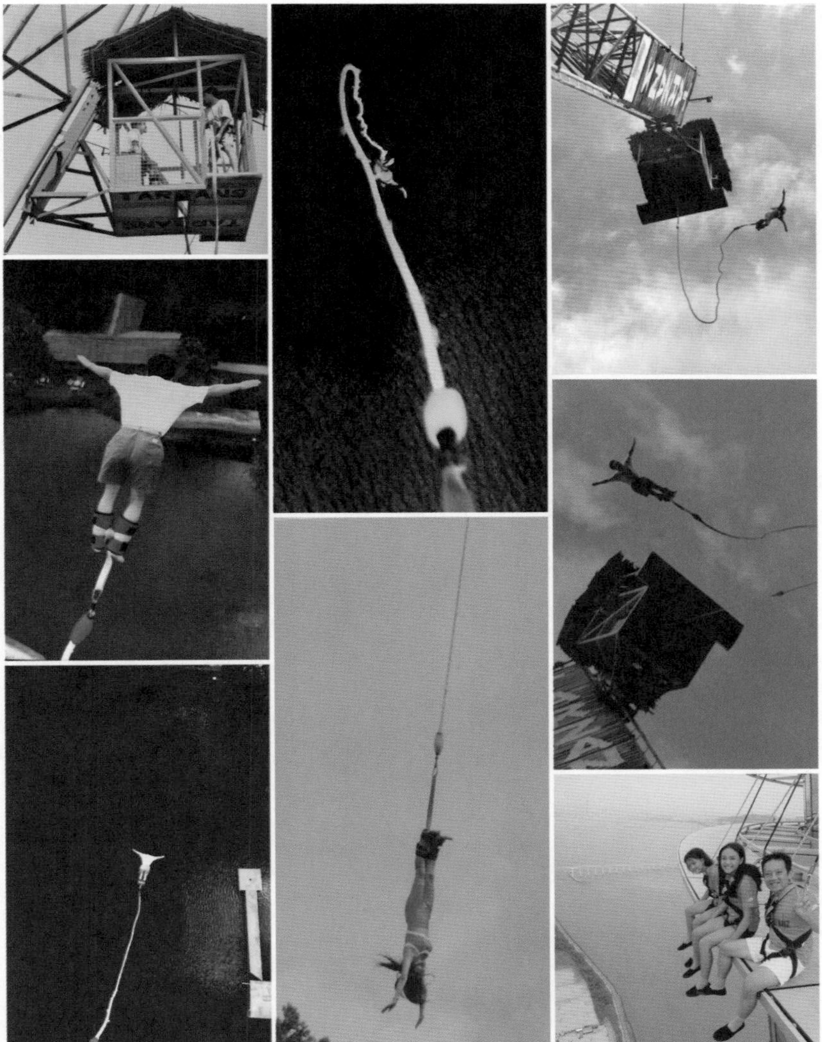

多年前與太太在泰國布吉島玩笨豬跳時，從左上角的小屋跳下去。
右下角是澳門塔上的「高空漫遊」。

五、四、三、二、一，跳！我都嚇呆了，哪敢跳下去！他們才笑道：「開玩笑而已，慢慢來，但你一定要自己跳，我們不能幫你！」此刻我才明白，笨豬跳與別的挑戰畏高項目不同，如過山車、跳樓機等，你只要坐上去，它們自會開動；笨豬跳可不同，你站在高台上，眼前是遙不可及的天邊，腳下是深不可測的湖水，需要你鼓起勇氣，自己主動踏出跳台。

克服恐懼，張開雙手，最後在高聲大叫中大步跨出去！模模糊糊地見到湖水漸近，接着感到橡皮筋開始把我拉慢，直至碰到湖水前一剎那，又驀地向上一扯，然後開始做人肉溜溜球，忽上忽下地在蹦着。Bungee 音「奔自」是橡皮筋的意思，把 Bungee Jump 翻譯為笨豬跳，簡直是天才。

多年後看電視新聞，一位剛從英國牛頓大學畢業的高材生去布吉島慶祝，節目之一是玩笨豬跳。豈料橡皮筋斷了，掉進湖裏，送院後不治。而地點，正是當年我和太太玩笨豬跳那個地方。不怕一萬，只怕萬一，試過一次已足夠，決不再做笨豬了！

健身熱

人過三十，事業未達巔峰，隨時可更上一層樓，但身體狀況已開始走下坡了。我有幾位朋友，可能受了「中年危機」的影響，後悔沒有早點運動，於是急起直追，把自己鍛煉成鐵人選手，跟年輕的「後生」競爭。遲到總比沒到好，任何時間開始都不嫌遲，況且運動科學在過去十多年一日千里，設備與效率都比從前大大提高。

記得年少在香港時，所謂運動，不外是去維園踢踢足球或打打乒乓球，從未聽說過「去健身房」甚麼的。移民美國後才知道，美國人從初中起就十分注重運動，校隊球員被視為貴族，高材生則屬痲瘋族。入鄉隨俗，從那時起我便有了健身的習慣。

那時好運動的人分兩種：跑步游泳的算健康派，舉重的算健美派。健美派以胸肌和「老鼠仔」（二頭肌）為看點，常以「你能躺舉多少？」為衡量彼此強度的標準。

但練大隻了並不代表你已擁有良好的心肺功能。記得讀研究院時，約了新女友到健身室見面，她喜歡在固定單車上做運動，我便跟她一齊踩。豈料不到三分鐘，我已頭昏欲嘔，喘不過氣來，要立即停下來躺在地上，嚇得她差點要叫救護車，大出洋相。從此我才知道鍛煉心肺功能的重要。

鍛煉心肺功能多由跑步機開始，然後是單車機、划船機、樓梯機、太空漫遊機等等。為適應現代大忙人的需求，新設備五花八門，並可邊做運動邊看電視或上網。

過去十多年運動場所最大的趨勢，是私人教練（personal trainer）的普遍化。這曾是職業運動家或明星的專利，起初見到運動室裏有些會員有教練，還以為他們因不懂操作器材才有此需要。直至有天我站在脂肪分析機上，一名私人教練路過時對我說：「天天做同一運動，身體早已適應，對脫脂變得無效，反而會消耗肌肉。」並說他是大學運動科學系畢業的，你如想消耗已儲的脂肪，就要在同一時間刺激不同的大肌肉組，令身體分泌生長荷爾蒙，更重要是不可讓身體對某些運動養成習慣。

果然，跟這位教練練習了四、五個月後，消失了多年的腹肌竟漸漸重現，令我對私人教練徹底改觀。

私人教練會根據你的年齡、體力、健康狀態等，制定鍛煉全身的程序。近年最流行的模式，除循環訓練（circuit training）和自由搏擊（kick boxing）外，還有現正風靡全球的高強度間歇訓練（HIIT），其理論是在很短時間內，在身體尚未恢復之前繼續做重複式的鍛煉，藉以消耗已儲的脂肪，並同步做到帶氧及肌力發揮。訓練時每組運動都是以時間而不是用次數來計算。

如被視為HIIT中的佼佼者Tabata，是日本體育學教授田畑泉為奧運選手所設計的地獄式訓練：全力做某一動作二十秒、休息十秒為一組，要做足八組方可休息。如你沒有偷懶，我擔保這短短的四分鐘，要比平常運動四十分鐘辛苦萬倍，我每次做完都想吐。聽説「雷神」克里斯漢斯沃（Chris Hemsworth）就是靠它來保持完美身形的。

不過做運動始終是健康第一，身形次之，最要緊是安全。所以如想挑戰自己，不妨僱用一名有經驗的私人教練，在他的指導下安全地漸漸提高自己的體能。最記得某教練的金言：你運動的目的不應是要比他人強，而是要比昨天的你更強。祝您健康愉快！

功夫與格鬥

李小龍在《猛龍過江》擊敗美國空手道冠軍 Chuck Norris，甄子丹在《葉問》擊倒十多個日本黑帶。這些電影告訴我們，中國功夫天下無敵。

但是出乎意料，去年有位太極師傅被格鬥手在十秒鐘內打倒，過程被上傳YouTube 後，立刻成為人氣話題，引起極大爭議。因為此事觸動了中國人的敏感神經線：「中國功夫是我們的國寶，究竟在真拳實腿的打鬥時，用得着嗎？」

我家原住香港，少年時和哥哥是功夫迷，他練白鶴拳，我練南拳。移民美國後，又一齊學跆拳道和合氣道，都考得黑帶才入大學。

我覺得學中國功夫和韓國跆拳的最大分別，在於訓練的焦點。當年的功夫武館多注重強身健體，不注重搏擊，所以除了鍛煉基本體能、柔軟度、馬步、拳和腿的運用外，大多時間是在學套路，而練習自由搏擊的時間就不多。

很多套路非常威猛，如較出名的虎鶴雙形拳和工字伏虎拳，需要極好的體能才能打得好看。但招式很抽象，很難解釋在格鬥時如何運用，因而實用價值不高，學了一兩年後，對搏擊並無多大的啟示。

而跆拳道的課則着重練搏擊，雖然它的套路比功夫刻板和易學，但因為在黑帶之前，所學的套路多為基本招式，可立即用在搏擊練習中，所以學了一年半載後，已有一定基礎。

跆拳、柔道、空手道和西洋拳都成了體育項目，有組織性的比賽和規例，所以師徒們會花很多時間在比賽規例範圍內鍛煉對打。儘管與真實的打鬥環境不同，但總算有個平台可以應用和練習曾經學過的招式。

我曾多次參與跆拳比賽，成績都不俗。但因從未真的打過，假如萬一遇上真拳實腿的街頭打鬥時，我的功夫能否用得上，我也不知道。

早在一九九三、一九九四年第一次看到美國的 UFC「無限制格鬥」比賽時，我就知道搏擊比賽已進入真實打鬥的新紀元。UFC 組織的目的，是想解答長期以來存在武術界的大疑問：「在沒有規例下，哪一派最好打？」

記得當年的 UFC 格鬥沒有分輕重級，對手要在一個八角形的鐵籠子裏對打，規例只是不准口咬和挖眼。不久，綜合格鬥（MMA: mixed martial arts）這名稱便

我自小是功夫迷，南拳北腿跆拳皆略通一二，年少時參與搏擊比賽，成績也不錯。可惜近年已「中看不中用」，唯有在旅行時借起飛腳「打卡」留念。圖中兩幅大照攝於馬爾代夫日落時分；其餘攝於夏威夷、香港、紐約、羅馬鬥獸場、意大利比薩斜塔、大峽谷和 Newport 的 Breakers。

街知巷聞了。

UFC開始時，多由這派的黑帶打那派的拳手。隨後出現俗稱MMA的綜合格鬥手。而最終脫穎而出，贏盡大部份UFC冠軍的，則是Gracie家族的巴西柔術BJJ（Brazilian Jiu-Jitsu）。

BJJ的打法是先用拳擊腳踢（空手、跆拳的招式）在長距離對付對手，然後找機會「埋身」，用摔角把他扳倒在地，再用其強項柔術的地上擒拿和扭術，把他的手腳骨節或喉嚨鎖住，如不投降，就會斷手斷腳或窒息。其過人之處，就是集各門派之強項攻各門派之弱點，大部份門派被摔倒後就不知所措，讓BJJ的地上扭術為所欲為。

MMA普遍後，我也去學了一點，發覺很多MMA教練都是「周身是刀但無一把利」。他們的腳法比跆拳差，地上功夫又較柔術遜色，連拳法都不及泰拳和西洋拳強勁。不過即使這樣，這種綜合戰略在對打時還是真的有效，可在短時間內把對手制服。

傳說李小龍當年打破傳統把功夫教給老外，激怒各門派，屢被大師傅們挑戰，但每次都是很快被他擊敗。

我想原因之一，就因為他實際上是MMA的宗師。他發明的截拳道包括多種武術元素：有北派和跆拳的長距離踢腿法，有西洋拳的拳法和步伐，有詠春拳的短距離招式，甚至有柔術的擒拿手和地上摔術。他這種綜合不同門派的招式，可以在他的電影裏看到。

在當年，截拳道是唯一可應付所有不同距離的武術，因為他摸透了各門派的弱點，可一擊而破之。而他的對打哲學，就是千萬不要被門派的招式和比賽的規例限制，要像水一樣，似柔亦剛，隨時變通。「以無法為有法，以無限為有限」就是截拳道的格言。

我相信研習任何學問，焦點最為重要。如果你把焦點放在練套路、練姿勢上，那麼即使練到最完美，對搏擊也不一定能有多大幫助；但如把焦點放在搏擊比賽上，取勝的機會就可大大提高。

向各門各派取經，是近代MMA所取的途徑，也是李小龍多年前就提倡的對打哲學。沒有最強，只有更強，虛心學習，取長補短，才可精益求精。

聘請教練嗎

你有聘請教練嗎？鋼琴老師，網球、高爾夫球或健身教練？

我爸媽都是台山人。知慳識儉是台山人固有的美德，也是我們自小至大的生活習慣，如無必要，是不會花錢聘請教練的。除了學功夫需要上武館跟師傅、玩潛水需要上課考牌外，其他玩藝如乒乓球、網球、游泳甚至高爾夫球，都是靠觀察他人怎樣玩，有樣學樣，再請朋友指點，只要開竅，之後勤加練習就可以了。

記得讀大學時，突然想學彈鋼琴，還買了架舊鋼琴放在我的兄弟會宿舍裏。當然是自學，而第一首曲便是頗為複雜、Journey的*Open Arms*。可是一無天份，二未受過音樂訓練，連樂譜都不會看，可謂不自量力，所以學了多月還是在練習此曲的前奏，令會裏的兄弟們聞之掩耳，至畢業時才勉強可以彈完整首。

到東岸唸研究院時，常跟同學們去滑雪，自然也是有勇無謀，橫衝直撞。雖然在這群書呆子中，我算是「盲人國中的單眼王」了，但因為從未上過滑雪課，滑得多麼起勁，也是白費力氣，沒有跌傷已算幸運。

後來搬到東京工作，每年冬天必到北海道的 Club Med 滑雪村玩上十多天。因 Club Med 的度假模式都是「全包」服務，假期間所有飲食活動都不用另外付費，所以我這台山「孤寒」小子可以安心去上免費滑雪課。

這時才發現，滑雪是一種非常反直覺的運動，我多年來所用的姿勢完全錯誤，因而始終沒有進步。但是有了教練就不一樣，他用不同的特殊操練，令我掌握不同的要訣，例如轉彎前跳躍，教我感受重量轉移；閉目滑雪，令我增大雪板與地面的感官觸覺；單腳滑雪，讓我體會雪板內外兩個邊緣所帶來的動感等等。就這樣，在 Club Med 跟着教練學了多年，我終於可以盡情享受所有滑雪場任何難度的雪道了。

此外，我雖然已有二十多年水肺潛水的經驗，對游泳還是缺乏信心，因為從來沒有上過游泳課。每次隨潛水團出遊，見同伴們在海上暢泳，也勉強跳進去，但總是有點心怯。蛙式？還可以，自由式？五十米後便上氣不接下氣了。

後來把心一橫，找了位游泳教練，上了四、五堂課。他為我每個動作做了分析，並做不同的操練，如握拳游泳、訓練肩膀的伸展；半浮轉身、練習呼吸等。當最後將各種不同姿式融合起來，竟宛如脫胎換骨，泳術徹底改變，游了半小時自由式仍能伸張自如，完全不覺得累。這五個小時的教練學費簡直是超值了！

想想確有道理，好比打功夫先要練好馬步，做科學家要有良好的數學基礎。面對一門技藝，如果你並不在乎，那是無話可說，但要是認真對待，想做出點成績出來，就該找名適合的教練，那將會事半功倍。自此之後，我兩個女兒的許多活動，如滑雪、溜冰、跳舞、游泳、潛水、衝浪、網球、音樂等等，都聘請教練，所以都有正確的姿勢和紮實的根基。

剛聽完她們的鋼琴彈奏，真是又高興又慚愧。姊妹倆已快到演奏級，而我自學苦練了多年，卻仍停留在初階，來來去去只能彈幾首老曲，看來也該拜師學藝了。

物理治療有效嗎

可能受理科教育的緣故，我為人固執，觀點不易被改變。如向來深信西方醫學的科技，對物理治療不大看好，總覺得有點取巧，不是真醫學，具體作用非常有限。不過最近我的觀念徹底被改變了。

每年聖誕和春節假期，我們全家都去滑雪。兩年前，在臨回家前一天，因為將近日落，我看不清雪道上有個大深坑，高速滑入後失控飛了出來，左肩先落，與地面強力碰撞。當時雖然滿身滿臉都是雪，卻沒有發覺有何大礙，至回家後才感到左肩關節非常疼痛，活動範圍受阻，之後在健身室運動，也有很多動作都做不到。

但因肩膊是碰傷，而不是扭傷，覺得問題不大，所以沒有理會。大半年後相信已慢慢好轉，於是重新嘗試傷後做不到的動作，可是很快痛楚又回來。

後來去看醫生，照了X光和核磁共振，才知道肩膀的關節唇破裂了一點。醫生說雖不嚴重，也需減少活動，等它自己慢慢康復；如真的太不舒服，就考慮做手術把關節唇接駁，並提議嘗試物理治療，說這種治療雖不會把關節唇破裂醫好，但有可能減少疼痛。

在朋友的推薦下，我找了位肩膊物理治療專家。他的診所猶如一個大型運動室，有很多不同的運動和體操設施。他看了我兩肩後，說道：「我可以肯定，你的肩痛與X光上那輕微的關節唇破裂完全無關。」並說像我這般年紀的人，差不多所有關節都會有輕微的破裂，如受了點傷就休息不再做運動，那是最糟的決定。他強調，我受傷那邊肩膊系統的肌肉比右邊的萎縮了很多，如想康復，一定要做很多辛苦的肩膊運動，把關節周邊整個骨臼肌肉系統強化。

於是問題來了，醫生吩咐不要觸動傷處，物理治療師卻要我做更多運動，豈非南轅北轍？但心想我已讓肩膊休息了一年多，毫無進展，既然物理治療師有此提議，何不試試？

最初兩個療程都是為我的肩膊做針灸和大力的推拿，及做些基本的肩膊動作。之後每週都去他的診所運動室做不同的運動，物理治療師無形中成了我的私人教練。然後無效的動作不再做，有效的就繼續，並增加和更換了不少新的組合，而且有不少是在雙環上做的，難度極高，做起來非常吃力。而最重要的是，平日我自己去運動室時，也須繼續鍛煉他所教的動作，以鞏固我受傷的肩膊系統。

經過三個月的劇烈治療後，雖然還有少少疼痛，但肩膊的活動範圍已明顯改善，很多傷後做不到的動作現在都可以做到，可說已康復八成了。

這個經驗，徹底改變了我對物理治療的偏見。

上個月，我腳趾頭的骨臼開始疼痛。照了X光後，醫生說，可能因累積了多年踢沙包的磨損，臼內的軟骨已耗盡，應買對特別的鞋子加以保護，並須盡量減少這骨臼的動作：如有需要也可以做手術，把這個臼紮住，令它不能再活動，因為不活動就不會痛。

出來後立即打電話給物理治療師，預約他為我治療。雖然我一向崇拜醫生，但他們那套「不動就不痛」的理論，可能對運動受傷的人並不適用。相信物理治療師另有法子，可把我的腳趾醫好。

今昔自駕遊

美國人最喜歡自己駕車去旅行，每逢假日或長週末，三五成群或一家大小，把衣服拋進後車廂，再抓幾瓶礦泉水，戴上太陽鏡，然後到加油站為汽車加滿汽油，便風馳電掣，逍遙遊。

去年搬屋時，我在書櫃裏找到一大堆舊地圖，都是早年多次自己開車旅行後留下來的。當年的自駕遊，跟有了互聯網之後的今天，可是大大不同。

記得七十年代末葉，我們一家從香港移民到美國中西部後，爸爸的第一要務就是趕緊學會開車，除了工作和生活必須外，我們尤其渴望能駕車遊遍美國大地。

爸爸果然不負眾望，很快考得車牌，並加入了AAA汽車會成為會員。這是一個十分有用的組織，除了車子爆胎或故障時有拖車服務外，還特別為自駕旅遊者提供地圖和安排行程。我們每次出發之前，必定先到他們那裏排隊索取地圖。他們有專人接待，在明白了我們的意向後，會先在大地圖上用色筆畫出該走的路線，然後印出一本行程手冊，再用不同顏色的筆在放大的地圖上，一頁接一頁地畫出一個所經道路、城鎮、出口、接口、休息站、餐廳甚至公廁的明細圖表。這簡直就是一本量身訂做的旅遊天書，捧着它就可以放心啟程。

我們一家四口分工合作：爸爸做司機，媽媽負責茶水零食，哥哥觀察路牌和交通狀況，我就拿着AAA的地圖手冊做導航員。一路上有說有笑，風光無限，樂而忘返。

後來我們兄弟都有了駕照，自駕遊的次數就更多，行程也更遠。尤其是上了大學之後，除了家人，有時還相約朋友或同學同遊。美加各省，歐洲各國，可說走遍了大半個地球。各地除了語言、風貌、交通規例與駕駛文化有所不同之外，自駕遊的模式基本上還是一樣，即先要弄張地圖，仔細計劃好行程，然後才可以上路。直至我大約二〇〇〇年搬去東京，才發現另有蹊徑。

日本比較特別，他們的地址，跟大多數國家以街名和號碼為根據的做法完全不同。除了高速公路和幾條主要大道之外，大部份街道連名字都沒有，僅以地區分域號碼來分類。如我的居所是在東京都內港區的六本木、第一丁目內的某分域之某號地皮大廈的某一單位，地址上完全沒有街名。如果想由此地去箱根，用傳統查地圖的方法或者也行得通，但要是想去箱根內某一酒店或某一地標的話，就會有點困難了。因為出了市中心，很多路標就沒有英文，再加上沒有名稱的道路，要是轉錯了一個彎，可能就會迷路，找上大半天也不知自己身在何處。

幸虧，自從買了部有 GPS 衛星導航系統的汽車之後，這些難題便迎刃而解，可以到處去探索。隨着科技進步，現在就算汽車裏沒有 GPS，也不要緊了，無論美加也好，歐亞也好，自駕遊之前，只要帶備「自駕遊三寶」，即手機、手機充電線、汽車充電適配器，並加以連接，再在手機上下載導航 App，就算準備就緒，可以上路了。之後，只要有手提信號的地方，這個私人的導航機就一直陪伴着你，為你做嚮導。

旅館與親友家

年少時，每次跟爸媽去不同城市旅行都是住在親戚家，很少考慮到住酒店。原因很簡單：第一，酒店費用昂貴，可省點錢；第二，與親友一起住，可有更多時間聊天敍舊；第三，人生路不熟，在「地頭蟲」的屋簷下有安全感。不過隨着社會風氣轉變，近年去旅行都是住旅館，極少考慮住親友家了。

記得移民到美後的第一個暑假，舉家從小鎮的新居飛往紐約探望舅父一家。與此同時，我的姑婆亦趁熱鬧，從多倫多飛到紐約來會合。

十個人一起擠在他位於布魯克林區一個簡陋的小公寓裏，或做「廳長」打地鋪、睡沙發，或在通道架張帆布床；我們四個小孩較矮小，就橫躺在雙人床上。記得姑婆曾開玩笑說：「每晚都有免費公仔戲看，好不熱鬧！」原來她在帆布床上，整晚看到雙人床邊我們四十隻腳趾在活動！其實大家擠迫一點，不成問題，連每天早晚排隊用廁所也不覺得有何不便，反而覺得熱鬧又好玩。

當年紐約的治安雖然不好，但因為有親戚陪伴壯膽，我們也放心乘坐骯髒嘈雜的地鐵到各旅遊景點參觀，晚上回來，也敢在鄰近的街上散步。然後是屈膝夜談，大家都有太多的鄉愁和回憶，有太多對未來的期盼與憧憬。好多個炎熱的晚上，我們都是在窗外的警笛聲和爸媽與親人的夜話聲中入睡的，多年後的今天印象仍深。

讀完書後，旅行探訪仍多住在朋友家裏；禮尚往來，有親朋到訪，我也開門歡迎。我曾先後在紐約、東京、香港工作，這些名城皆為人人嚮往的旅遊勝地，寒舍自然就成了「堅仔免費旅館」，客似雲來，因而有過不少開心的聚會和回憶。

但有次有位舊同學問我，他爸爸準備回港旅行，可否住在我家?我雖然從未見過他，也答應了。可是後來發現，他住在我家只是為了省錢，完全無意與我溝通，這不只令人尷尬無趣，也深感不便，覺得我的私人空間無端被侵犯了。從此決定，除非是家人或好友，再不會把我家當作為免費旅館了。

也許大家對私隱的意識跟我一樣，隨着年紀改變；或因社會日趨富裕，覺得住旅館方能感受到旅遊應有的享受和樂趣；此外又有互聯網，人與人之間的距離似近實遠，隨時在手機上打個招呼就算見過面了。總之現在大家在探親訪友時，如提出想在親友家裏棲宿，總會令人覺得不合時宜，或太自私太吝嗇，不懂得尊重他人的個人空間和私隱了。

但是每當想起年輕時的假期旅遊，腦子裏總會浮起在親友家裏久別重逢、互勉互勵、共享異鄉美食的片段，覺得那才是最開心、最充實的假期，是現代的五星級酒店所欠奉的。

旅行與度假

我在美國成長，最喜歡旅行，寧願其他方面節省一點，每年總要找機會去玩玩。少年時經濟能力有限，常會邀約三五知己，大家分擔燃油費自駕到不同城市去遊覽；畢業後經濟狀況好些，就盡可能坐飛機周遊列國，希望藉此增廣見聞，拓寬視野。

從前去旅行，都是在抵達目的地之後，盡量探索當地的歷史名勝，品嚐地道美食，最重要是拍照留念，可向親友們誇耀曾到此一遊。所以在我家的抽屜裏至今還保留着巴黎鐵塔、比薩斜塔、開羅金字塔、悉尼歌劇院、希臘雅典衛城、尼加拉大瀑布、威尼斯運河、阿拉斯加冰川、羅馬鬥獸場、西班牙鬥牛場以及萬里長城等著名景點的照片。

戶外活動多了之後，更愛上了冒險之旅。如登上北海道高山滑雪、到埃及紅海深崖鯊魚群旁潛水、駕車在肯尼亞平原觀看獅子和大象、在馬爾代夫群島跟二十多

美麗悠閒的夏威夷令我感受到度假的真諦

吠長的鯨鯊浮潛，或駕着水上摩托車追逐海豚群等等。

有了孩子後，以上的旅行模式就不適合了。因為當時在東京工作，聽說檀香山老少皆宜，有年回洛杉磯探親時，就順道帶他們去玩玩。

第一次對檀香山的感受是失望的，也許因為我們對這個世界聞名的旅遊勝地期望過高。她比許多亞洲度假勝地殘舊，服務又遠不如日本和亞洲周到，價格卻非常昂貴。不過小孩的要求和大人不同，他們似乎挺喜歡這兒，因而每次回洛杉磯探親前，都會先到這裏逗留數天。

漸漸地，不知不覺間，我們竟愛上這個地方了。為甚麼呢？景物依舊，我們還是每天睡到中午，然後吃早餐，去 Ala Moana 廣場購物，去海灘日光浴、看書、築沙堡、躺在浮床上漂浮，直至日落，拍下美麗的景致，再去威基基（Waikiki）找間餐館食頓晚飯，喝杯餐酒，一天很快就過去了。比較特別的是去威基基海灘衝浪，或駕車去北岸看海龜，然後吃頓聞名的大蒜蝦。年年如是。可是不知從哪一年開始，我們不但不再覺得悶，反而愈來愈喜歡來這裏度假了。

我想了許久發現，原來是因為我們已經來過多次，心理上早已沒有了增廣見聞或追求感觀刺激的壓力，而僅是為了找個安靜、舒適、美麗的地方，跟家人一起鬆弛一下，減減壓，享受一點悠閒的時光而已。換句話說，我們不是來旅行，而是來度假——美麗的檀香山，終於讓我體會到旅行與度假的分別。

今「飛」昔比

兩年前的夏天，我要在半夜從洛杉磯乘搭「紅眼」飛去紐約。到達機場長期停車場後，等了四十分鐘，才有穿梭巴士來接往登機大樓。辦妥手續後，又等了兩小時。我早到一小時，直到過了起飛時間一小時，地勤人員才宣佈：因為機員不足，航班臨時取消，如需安排行程的話，請於明天上午八時後來電諮詢。

這是我對飛行感覺最壞、最無奈、最失望的一次。

小時候總覺得坐飛機是件大事，只有少數幸運兒才有這機會。聽說雲上的天空永遠是晴朗的，空姐多漂亮有禮，飛機餐又精緻又美味等等，這些我都只能憑想像去胡亂猜測。當我終於有機會乘坐飛機時，是在七十年代末舉家從香港移民美國那一天。上機時，新西裝，新皮鞋，尤其是媽媽，訂做的裙子、名貴的飾物，華而隆重，好像赴宴一般。

搭過幾次後，飛機就開始失去魅力。見很多人穿短褲人字拖就上機，不少空姐服務態度大不如前，而我嚮往的飛機餐，幾乎已食不下嚥。

不過後來一次愉快的旅程，又令我對飛機產生新的興趣和希望。那是在研究院畢業前，我有機會多次從波士頓飛去紐約面試。當時紐約的地產大王川普剛開發了他的「川普穿梭機」，每架飛機都裝配了大皮椅商務客位，甚至連廁所都鋪滿大紅大理石，插上鮮花，豪氣十足。最重要的是，在推廣期間，設有學生廉價套票，可以讓我以「巴士票」的代價，來享受華爾街大亨出差的厚遇。

畢業後決定在華爾街工作，事業上軌道後從紐約派回亞洲發展，從此成了飛機的常客和貴賓，並被某航空公司升格為「鑽石會員」多年。這期間，機艙的設備大為改善，如商務客位的椅子由只可傾斜和附加腳踏板，到近年演變成舒適的平板床椅；電視機從又遠又高的懸掛小屏幕，移到每個座位的椅背後。而在成為鑽石會員後，更享有升級服務，如即使買的是經濟艙，也可直闖頭等窗口辦理登機手續，到頭等候機室品嚐較好的食品和酒水，並能提前登機；坐定後，空姐還會專誠來到座位旁，直接用你的名字問好，然後送上礦泉水等等。

後來辭去華爾街的工作後，除了同家人去旅行外，平時就很少坐飛機了。航空公司可真現實，不到一年，我就由鑽石會員貶為「平民」，貴賓式的服務也被取消。

記得在降級後的半年內，每次見到空姐來到我的座位附近，就會誤以為她是來向我問好！

如今，若再有人問我對飛行有何感受，我會答：「我依然熱愛旅行，只要是開開心心地和家人在一起，航機又能準時及安全地帶我們出遊與歸來，已經很滿足了！」

飛行的苦惱

每次在美國坐飛機去旅遊，總覺得有關方面為了高科技，為了減低成本和反恐，令人愈來愈痛苦。

現在很多機場已電腦化，登機手續可預先在網上辦妥，或到機場後在登機電腦亭辦理。按理，這樣可以提高效率，該是好事。可是很多機場已不能再在櫃檯跟地勤人員辦理手續，如發覺有問題就極麻煩。如行李寄艙，第一件收二十五元，第二件收三十五元，這個我能接受，但只能在電腦亭以信用卡支付，不收現金，櫃檯又不受理，就不方便。我女兒去夏令營時，就要特別為她買了張臨時 Debit Card，才能把行李 check in。

入閘時的保安程序，美國的機場也是最嚴格，鞋、皮帶、褲袋內所有東西，包括錢包與一概電子用品，例如手機、相機、電子書、電池、電腦、平板電腦等，都要逐一放在盤子裏，因而每位旅客除了手提行李外，另外多出幾個盤子。過了全身

X光掃描後，如果行李還要額外檢查的話，更需耐心等候。這些都是為了大家的安全，我也不反對。

美國人很注重分工合作，尤其是「分工」那部份。有次上機後，我發覺座椅旁和機壁上黏了些香口膠，告訴空姐。她立即表示替我清理，不過不是她自己做，而是打電話找地勤人員，說這是清理人員的工作。五分鐘後，一位帶齊清理工具的人員來到，慢慢地研究了香口膠的情況，卻沒有把香口膠清理，而是將整個坐墊拿走，說要換個新的。幾分鐘後回來，先用小刀把殘餘壁上的香口膠刮走，再裝上新的坐墊，宣告任務完成，飛機亦準時起飛。但我在想，這麼簡單的事，為甚麼要小題大做呢？請空姐拿張紙巾，把香口膠抹去不就得了？

減低成本是所有資本主義企業的要訣，美國國內航班所有餐品都要收費，我亦可勉強接受。但在這個沒有競爭的壟斷市場，飛機餐通常是又貴又難吃，如果怕肚子餓，最好在上機前先吃點東西，或「打包」上機後吃。

抵達目的地取得行李後，如想找部行李車，要付五元，這個我就反對。我去過不少地方，相信美國是唯一收取這種費用的國家。幸好人有三急時，機場的廁所暫時還是免費的。

上月我與爸媽、太太和孩子們去夏威夷度完假，返回洛杉磯時已是凌晨一時。因我們共有六人及十多件行李，一部普通七人車乘載不下，所以預先在Shuttle 2LAX訂了一部巨型客Van，一百四十四元費用也在網上付清。誰知抵達洛杉磯後，手機收不到Shuttle2LAX的短訊，也沒有汽車司機的資料，該公司的App又下載不到。最後把電腦找出來，上網再查Shuttle 2LAX的網站，才找到司機的手機號碼和電郵，但多次嘗試都聯絡不上，只見他的汽車停在距離機場約半小時的地方，一動不動，相信是回家睡覺了。打電話去Shuttle 2LAX的寫字樓，又沒有人聽。現已是凌晨二時多，我年長的父母和年幼的孩子都很累，等着要回家。徬徨的我只好繼續打電話，終於等到有人接了，卻說他要查清楚才能回覆。這一查又要三十分鐘，而回答竟然是：很抱歉，他們找不到司機，又沒有其他車輛，公司會退款，請你自己安排回家好了；如果要投訴，可轉打另一個部門的電話！

我的天！公司已經收了錢，竟可以如此不負責任，在凌晨三時多把客人一家老小棄於機場路邊！再打電話去另一個部門，也久久無人接聽。甚至之後一連數天，也無法在Shuttle 2LAX的網站和電郵上聯絡到任何人。這說明，在網上辦事雖然快捷，可是多麼兒戲！

幸好我的手機已下載了 Uber。但 Uber 在同一時間只可以召一部車，所以打算先送父母回去再說。車到後，我靈機一觸，將情形向司機說明，並徵得他同意，給他現金，「取消」他的訂單，然後再召另一輛 Uber，這樣才總算鬆一口氣，可舉家在日出前回到家裏。

可以說，這次是被 Shuttle 2LAX 的高科技訂車模式愚弄了，同時又被同是高科技的 Uber 訂車模式、加上點人際關係而被拯救了。世界的未來，高科技取代人力是必然的趨勢，但是為了競爭，愈富裕的國家和企業，將會愈來愈吝嗇；而為了反恐，大家出門也鐵定愈來愈不方便。但面對着這些改變，我們唯有努力適應啦！

我的復活節

我小學就讀於香港一天主教學校，早早就背熟了十誡、天主經和聖母經，從中得知不少耶穌的事蹟。但因為不是教徒，除了對聖誕和復活節的故事稍感興趣外，大多不求甚解。

移民美國後，方知基督教和天主教是美國的主流信仰，教徒們有許多活動，在香港時聞所未聞。

有一天，忽見許多同學在額上塗上點灰碳，跟印度人的紅點差不多。打聽下來，原來這天叫「灰週三」（Ash Wednesday），是Lent的開始，之後整整四十天，教徒們要自我反省和懺悔，以體會耶穌所受的苦難。其間他們要犧牲某一兩樣愛好，如不吃糖果或禁食肉類等。

復活節訂於三月至四月某個週日，年年不同，視當年的春分滿月而定。復活節前兩天的週五，就是耶穌被釘上十字架受難的一天，俗稱為Good Friday。可是《聖經》說耶穌死後三天復活，為甚麼 Good Friday 跟復活節只隔兩天呢？而耶穌為世人犧牲那天，又怎麼會叫「好週五」呢？這兩個問題至今我還搞不清楚。

美國高中的法文課出名多美女，所以我選讀法文，從而得知法國有「肥週二」（Mardi Gras）的習俗，並和其他歐洲國家尤其是南美巴西 Rio de Janeiro 的嘉年華大派對一樣，與復活節有密切關係：花車遊行，載歌載舞，逛飲逛食，目的是要在「灰週三」大齋期開始之前，盡情盡興地大玩一番。這些宗教文化，在港時領略不到。

其實，許多國家的歷史、藝術、建築、習俗都與宗教息息相關。試想假如沒有天主教、基督教和依斯蘭教，歐洲和中東的面貌會是怎麼呢？

但我畢竟不是教徒，對宗教的認識始終有限，哪怕是如此隆重的復活節，能切身感受到的，也只有長假與巧克力帶來的快樂與甜美。

記得在香港時，每年這個假期，第一件事就是跟爸媽去糖果店買隻大大的巧克力兔子和彩蛋。我一定要兔子，並遲遲捨不得吃掉它，因為十分喜歡它的造型。哥哥倒無所謂，他要的是巧克力，拿到手就急不可待敲開來吃。

我不清楚兔子代表甚麼，只知道雞蛋代表重生，也表示四十天齋期的完結。據說古時歐洲人把蛋染成紅色，象徵耶穌受難時所流的血。那紅色的復活蛋倒跟中國人生孩子時所做的紅雞蛋一樣，意義也不謀而合，卻不知道後來甚麼人為甚麼把它繪成彩色了？

不過，彩色的雞蛋倒與自然界的現象十分吻合。時值初春，天地萬物都從冬眠中甦醒，百花盛放，生機勃勃。而復活節假期又與許多學校的春假連接，小孩子們紛紛跑到公園，尋獵復活寶藏，大孩子們則飛去佛羅里達州的沙灘，瘋狂地開其嘉年華式大派對。而我，就帶着孩子們去各地感受這繁花似錦的明媚春光：日本的櫻花、法國的油菜花、荷蘭的鬱金香……

這就是我的復活節。

夢幻般的古島——聖米歇爾山

二十多年前，我最愛帶女朋友去法國租車自駕遊，一邊觀光，一邊練習法文，幾乎走遍鄉郊小鎮。

有次從巴黎沿北岸向西行，準備去諾爾曼（Normandy）和布列塔尼（Brittany）看沙灘、堡壘和英倫海峽，途中經過一個叫聖米歇爾山（Le Mont St. Michel）的古島，稍作停留。原來該島在退潮後與陸地連接，漲潮時卻變成一個浮在海上、與世隔離的神秘堡壘城，這使我想起年少時看過的電視卡通片《藍寶石王子》裏的魔幻堡壘，所以印象深刻。二十多年後，女友已是我的太太，我們決定帶同兩個女兒作舊地重遊。

聖米歇爾山有迷人的魅力

驚險自駕遊

早已在島上歷史悠久的Les Terrasses Poulard旅館訂了兩間客房，要在圍城內住宿一晚。在巴黎度過復活節後，租了部汽車，先到過去常幫襯的Bistro吃了開放式烤芝士火腿治（Croque-Monsieur）、加蛋（Croque-Madame）和小蛋糕（Madeleine）後，即把地址輸進手機，直往聖米歇爾山駛去，路程約三個多小時。

以前歐洲公路上很少抓快車，用國際駕駛執照還特別優待不扣分，所以我習慣一上公路即踏盡油門。這次離開市區後，路寬車少，便故技重施，沒理會有一百三十公里時速的限制。不料突然有輛沒有標誌的警車超越而過，並亮了「Suivez Moi」（跟我來）的指示。糟糕了！原來我的時速高達一百八十九公里，要即時停牌！幸好經過兩個多小時的乞求，罰了五百歐元後終於放行。如今回想起來，還不禁捏一把汗：出門在外，最要緊是安全啊！剩下的路程自然放慢行駛，以致黃昏後才抵達目的地。

浪漫小酒店

眼前的聖米歇爾山跟二十年前沒有大分別，在藍白色夜燈的映照下，有種難以形容的魅力和神秘感。不同的是這次要改坐穿梭巴士進島，途中發覺水位很低，聽說是因為泥床長期被淤泥沖蝕的緣故，現正計劃動工，把潮漲蓋路的景象還原。

進入吊橋城門入口後，拖着行李，在中世紀建成的圍城街道上尋找旅館。地方不大，圍城的圓周不足一千米，主要的「大道」是沿着山腳上山的斜坡，此外是幾條石砌的小徑。近山腳的路旁擠滿了餐廳和商店，整個設計有點像迪士尼樂園。

旅館位於一座非常古老的建築物裏，要爬石級，樓梯和走廊又窄，真是花了九牛二虎之力，才把所有行李搬進房間。習慣了亞洲的服務水準，這裏不用說遜色多了。不過能在這古島住進一倖具有數百年歷史的老旅館，也算別有一番浪漫情趣吧！

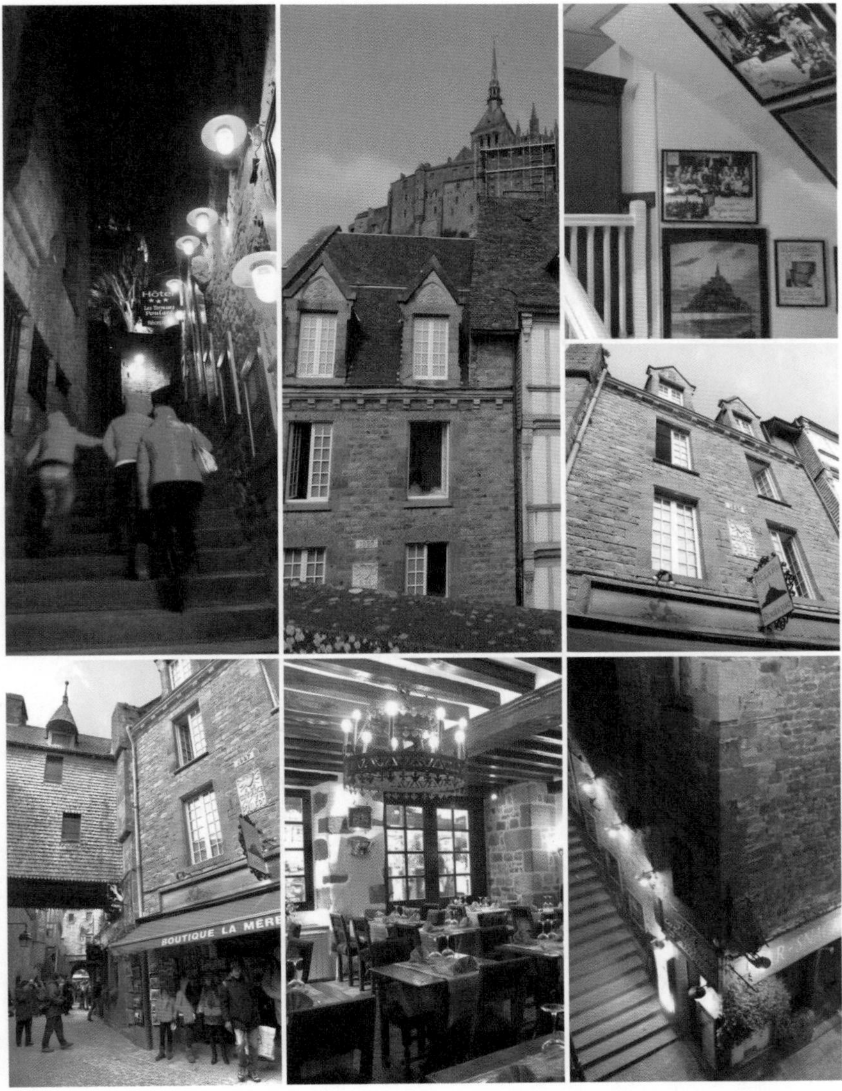

抵埗後拾級而上。圖上中、右中和左下所見兩個敞開的窗口，就是我們入住的房間；圖右上是酒店的樓梯，下中是酒店馳名的 La Mère Poulard 餐廳。

燈下的魅力

跟很多中世紀圍城一般，這古島也是層次分明：中心是山頂的教堂和修道士院，屬上等特區，圍着它的大型建築物，為官員與行政人員的重地；然後是商人和普通居民的市鎮，而基層民眾與漁民，就多住在圍牆邊和圍牆外；在成為旅遊勝地後，大多數餐廳、商店、旅館便都集中於山腳附近。

放下行李，出去參觀了一會，便到一間餐廳的陽台，一邊欣賞海景，一邊品嚐Brittany的地道食品薄燒餅（Galettes），其中有幾款外面絕對食不到。

膳後沿着斜路向山頂走，雖然天色已黑，仍可感受到不同山高與建築物的對比。而路經的城堡，都是非常宏偉。

燈下的街道和堡壘，充滿神秘感。

千年之美

這個在千多年前被一位隱士發現的地方，因為入島的唯一通道常被深水淹沒，一直有其重要的戰略地位：或是駐兵防守的基地，或是監獄與修道院等；從一九七九年起，更被列為聯合國世界遺產景點。

島上會常見到 Poulard 這個名字，可說是聖米歇爾山的靈魂。百多年前她開辦的 La Mère Poulard 餐廳，就在我們的旅館樓下。為了吸引更多過路人進食，她發明了一道遠近馳名的美食：數寸厚的巨型奄列煎蛋（Omelette）。所以我們第二天起床，便急不可耐去一飽口福，並買了好些紀念品。

臨回巴黎前，站在城門外，再一次欣賞這世界遺產在陽光下的壯麗景觀，終於明白她為甚麼能啟發這麼多荷李活導演的想像力：《魔戒》（*The Lord of the Rings*）中的「日落之塔」，迪士尼卡通片《魔法奇緣》（*Tangled*）中的堡壘島等，靈感都是來自這裏。法國能保存着這樣一個具有特殊歷史價值的奇異城堡，實在難得！

在古城漫步，有如置身童話世界中。

滑雪勝地——北海道二世古

我兩個女兒在東京長大，會走路後就常帶她們去滑雪場玩，所以全家都很喜歡滑雪，亦滑得不錯。搬回香港後，每年聖誕或春節假期也是在北海道二世古（Niseko）的滑雪場度過，十多年未改。

二世古擁有得天獨厚的地理優勢，從俄國飛來的雪都落在這裏，令它成為全球最乾的粉雪區之一。而「乾粉雪」（dry powder）正是滑雪發燒友的至愛。

Niseko 是二千多畝滑雪山脈的總稱，共有四大山坡：Annupuri、Niseko、Hirafu 和 Hanazono，互相連接。日本滑雪場的規模比歐美的小，大多只有十餘條雪道，所以 Niseko 算是數一數二的了。如果天氣晴朗，站在山上可以看到羊蹄山，外貌十足一個迷你富士山，十分美麗。

在二世古看到的羊蹄山，有如一座迷你富士山。圖右中和右下是餐館和酒吧林立的 Hirafu 村；左下是 Hilton Niseko Village 大酒店。

一站式佳點 Hilton Niseko Village

孩子們較年幼時，每年去滑雪都是住宿二世古 Hilton Niseko Village。這是一座頗為奇特的建築物，外貌像座巨型發電廠，內部卻相當華麗，並有一條龍式的服務，租滑雪用具、購纜車票、聘滑雪教練等皆可在大堂辦妥。大堂外面就是上山的纜車站，可直接從酒店滑進去。吊車上到半山，還可接駁多部纜車上不同的山段。山頂 Lookout Café 餐廳的手長海老意大利粉、雪蟹拉麵、生芝士蛋糕等都是五星級水準。可惜上山最後一段纜車常因大風雪而被關閉，所以口福有時要看緣份。

酒店裏的餐廳也不錯，但必須盡早預約，否則可能要到酒吧排隊用膳。還記得多年前，因為只有大堂才有上網設備，常弄得人滿為患。現在當然已大為改善，每個房間都有了 Wi-Fi，要訂位甚麼的，都非常快捷了。

我們最喜歡酒店裏的露天風呂，位於松樹園和大魚池旁。晚飯之後，在冷月冰天的風雪中，坐在熱騰騰的溫泉裏，讓大自然為疲倦的身軀充電，是人生一大享受也！

上排為 Niseko 雪山上的「聖誕樹」和小朋友至愛的鹿拉雪車；中排為 Hirafu 村 Niseko Pizza 的美味巧克力比薩，和隱蔽的冰箱酒吧與可自煮的鐵板燒餐館；下排為 Hilton Niseko Village 酒店旁的冰酒吧和冰城。

挑戰性較高的 Strawberry 和 Blueberry Field，是我們一家最喜歡的雪道之一。

在酒店門外的雪地上，還有個冰雕大酒吧與一些冰屋和冰椅子，可與朋友一起享受「aprè s-ski」滑雪後聚會，共飲一杯。此外酒店還養了數頭北極鹿，可安排孩子們坐上鹿車，在雪地上馳騁一番，感受一下聖誕濃烈的氣氛。

唯一感到不便的，是附近沒有其他餐館和商店，想離開酒店一定要打電話叫計程車，而全 Niseko 好像就只有幾輛車，來來去去都是那幾位熟口熟面的司機，而且每次都要等半小時以上。此外由於地形的緣故，這兒較易「食風」，風勢一大纜車就要關閉，不能上山，只能在下山區的雪道玩玩，大殺風景，所以四年前我們就改去 Hirafu 村。

雙文化的 Hirafu 村

Hirafu 很特別，既有歐美滑雪村的熱鬧，又可享受日本小鎮的殷勤服務和美食。因為多年前有許多澳洲人來此投資物業，現在除了幾間較舊的酒店外，其他樓房多為老外經營的服務性公寓、餐館和酒吧，大小規模的都有。我的孩子最愛去 Niseko

Pizza，吃他們美味的薄餅和極具新意的甜品：蘋果披薩與巧克力披薩。村中的侍應也多為年輕熱情的澳洲或紐西蘭男女，處處讓人感受到年輕人的活力。唯有村中心的富士壽司是日本人開的，由於地點好，選擇多，味道也不錯，常常大排長龍。但員工全部是年長的日本人，看來已在這兒辛苦了大半生，缺乏活力似乎是理所當然的事。

最有趣是擺在往返公寓路旁那個冰箱，怎麼看都是冰箱，可拉開門卻是一道通往地下酒吧的樓梯。

Hirafu的特色是樹木多。通常只有高級好手才敢在樹林裏滑雪，但這裏就算是山腳的家庭纜車，都是從美如聖誕蛋糕的松樹林中穿上去的。因為這兒有幾個小樹林是在較平的綠（初級）與紅（中級）的滑雪道旁，即使是「新仔」也大可一顯身手。

最熱鬧是下山區頂，在大溫度計旁的KingBell休憩屋，因有大飯堂在此，堪稱人山人海。其聞名的日式咖喱、炸豬扒、拉麵、巧克力蛋糕等，都有東京餐館的水平。山腳附近的日式Alpen酒店內，更有「牛奶工場」分店，當你從Super黑雪道衝下來後，不妨進去歇歇腳，嚐嚐用超香北海道牛奶製成的軟雪糕和卡士達法式吐司，然後再加杯日式皇家奶茶，體味一下「大滿足」的樂趣。

二世古到處有世外桃源般的美景。左下第二張是 Hilton Niseko Village 的山頂餐廳 Lookout Café，常因大風雪而被關閉，午餐美食可遇不可求。

冷月斜照燈映雪

我們每年回到這美麗如畫的雪山上，呼吸到零污染的冰冷空氣，都有如supercharger給跑車引擎增添馬力一般，份外起勁。所以第一天滑雪，都是拼個老命，滑個痛快。到第二天醒來，我這老骨頭就感到全身瘦痛，不過身體很快就適應這「滑雪症候群」，覺得肌肉的疼痛和疲累本是假期的一部份，故而並不覺得辛苦。

但假期原為休息時段，我們需要充足睡眠，不會特別早起。每天穿上滑雪戰衣，分坐多部纜車抵達山頂時，已是午膳時候，所以總是先填飽肚子，然後經過熱身，才各自選擇難度較高的滑雪道，挑戰自我。多年前我是四人行中最快的一位，首先衝下半山，等待太太和女兒們慢慢滑下來，乘機休息一會。近年女兒們卻比我快了，加上她們年少力壯，可從山頂直滑到底，無須中途休息，我和太太拼了老命還是追趕不上，真是青出於藍啊！

因為北海道的冬天日落得早，在Niseko那邊，大部份雪道三點半便開始關閉，剩下的一些「夜照雪道」，也只限於下山區，而且多是給初學者玩的。而Hirafu的

夜間從 Hirafu 的小叢林穿過，別有一番樂趣。圖左上是晚上也開放的黑色雪道「Super」一角，我曾多次在此「失手」；圖中下深深的 mogul，在燈映下特別具挑戰性。

夜照滑雪區卻很大，不但有多條明亮的雪道，還有數個小樹叢可以滑進。周圍在如幻的燈影下，有着難以言狀的朦朧之美，最值得拍照留念。

此外，下山區還有一條叫 Super 的黑雪道，又長又斜又多 mogul（凹凸不平），可以滑到晚上八時。

景點處處選擇多

不用說，滑雪人最重視的是場地。這裏共擁有近五十公里長的雪道，由綠線（容易）至雙黑鑽（非強者勿進）都有，每晚均經過雪車壓實和梳理，任何程度的滑雪迷皆能找到合適的用武之地。其中最長的可一口氣滑五公里。

而較為特別的，是幾個中難度的坡道，可供你在美麗的林木中自由穿梭。另外還有山谷中幾個自然「大半管」，也蠻好玩。至於經驗豐富的老手，就該去較少人到的「閘口」（gate）施展拳腳。

通過這些閘口，你可以進入無人管理的自由區，那兒的雪沒有經過任何機器處

二世古得天獨厚，擁有世上最乾的粉雪之一，堅仔一家可滑得「雪花四濺」，樂而忘返。

二世古也有很多 snowparks，可讓大家飛跳。左上的是我，兩個女兒明顯已青出於藍。

理，完全保持自然狀態。我們就最喜歡 Hanazono 的 Strawberry Field 和 Blueberry Field 兩個地方，非常具有挑戰性，mogul 多，樹木多，傾斜度又大，卻美得如世外桃源。不過必須具有一定的控制能力，才可以安全地享受這世界級的場地。

還有幾個雪樂園（snow park）也極有趣，但並非給小童玩雪，而是些設置了多條障礙道和飛跳斜坡的特區，僅供滑雪板與滑雪高手們飛躍衝刺。

如幸好遇上一個剛下完大雪的早上，請盡可能第一時間登上頂峰。那你不但可以看到美麗的羊蹄山，更可能成為第一位仰臥在新、軟、厚、輕、乾的「處女粉雪」上，有旋律地漂浮下山，為雲似的銀山留下多個優雅秀美的S型雪印。這是眾多 dry powder 滑雪手們所追求的終極享受，願您也有機會來這滑雪天堂共同感受一番！

重遊馬爾代夫

太太與我都是潛水迷，在有孩子前，假期大都去各地潛水，如紅海、伯利茲（Belize）、帛琉（Palau）、斐濟群島等都到過。不過我們始終覺得，最好玩的要算馬爾代夫。這群位於印度西南八百公里的環礁島嶼，取名於古梵文「千島」的意思。當年曾有人說過，二十年後馬爾代夫可能陸沉，如想親身體會這人間天堂，應盡快去一趟！

乍見魔鬼魚興奮莫名

我認識太太時，她已是潛水達人，為了追求她，我急不及待在冬天學會潛水，然後和她去馬爾代夫的 Paradise Island 遊玩。這真是個名副其實的天堂島：白如雪

在「Whale Shark Safari」跟着鯨鯊浮潛，真是又驚喜又害怕。我們能拍到這些照片，可算值回票價。

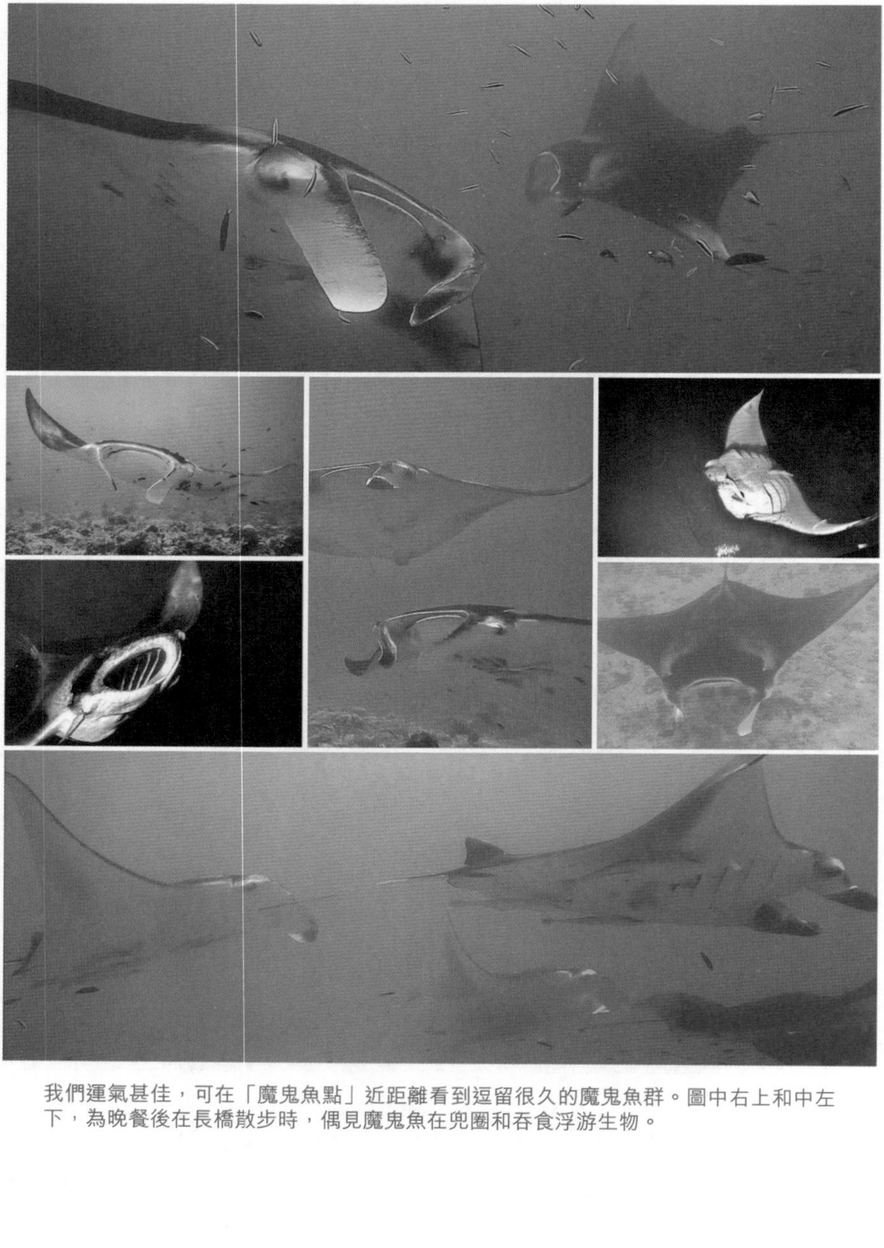

我們運氣甚佳，可在「魔鬼魚點」近距離看到逗留很久的魔鬼魚群。圖中右上和中左下，為晚餐後在長橋散步時，偶見魔鬼魚在兜圈和吞食浮游生物。

柔如粉的沙灘，藍天碧海的廣闊視野；特別是水下的奇幻世界，水清如空氣，在色彩繽紛的珊瑚旁與魚群一起暢游，彷彿漂浮在太空中，那種自由自在的感覺實在難以形容。當時唯一的美中不足，是食物不好吃。無論海鮮如何新鮮，都是淡而乏味，晚餐多靠即食麵醫肚。

數年後再去馬爾代夫潛水，全程住在船上，探索了多群不同環礁的潛水熱點，另有一番感受。因所去的島嶼都遠離塵囂，水質的清澈度令人難以置信，因而多次不覺間潛得太深，以致被教練責罵。

有了孩子之後，不敢再潛水，一停就十多年，至兩年前的復活節，才再次重遊。這回帶同兩個女兒一齊去，住進一著名酒店的度假島。

這兒共有三個島，所有海灘別墅、大部份餐廳及水上活動中心，都集中在中間島；在島的一邊，有一條長橋，跨過湛藍的海面，通向更豪華的水上別墅島；而第三個島，則是員工的宿舍。我們乘坐酒店遊艇抵達時，已夜闌人靜。但一覺醒來，頓覺神清氣爽，窗外的一切，超乎想像的美好，就像走進明信片的美景中。

晚餐後在長橋散步，突然聽到有人高叫「Manta」！原來橋下有條七、八呎長的魔鬼魚（Manta Ray，也就是魟魚）正在打圈。在黑夜裏，在燈光的照射下，這

潛水有如進入另一世界。中間的大照，兩個女兒在追看一隻大水龜。

背黑肚白的龐然大物真的像魔鬼一樣，顯得特別詭異神秘，甚至有點可怕。孩子們第一次在水族館外見到這種怪魚，格外興奮。

乘風破浪與鯊共游

來到馬爾代夫，當然少不了水上和水下的活動。我們第一個項目，是去找尋世界上最大的魚類——鯨鯊。酒店的遊艇載我們到鯨鯊經常出沒的大海通道，站在船頂的導遊，一旦發現鯨鯊即大聲呼叫：「now! now!」大家立即穿上浮潛面具和蛙鞋，跳進海裏追看。當一眼看見水下有條至少二十呎長的大鯨鯊時，那壯麗的氣勢，真是令人又驚喜又害怕，敢謂畢生難忘。

做過鯨鯊浮潛後，就做水肺潛水。當時我兩個孩子還沒有潛水牌，不過經過基本訓練後，也可跟着教練和我們一起去較淺的地方潛水。她們能在水底看到美麗的珊瑚、石斑、海鰻、龍蝦、海龜等生物，開心不已。雖水質不及十多年前清透，但仍然十分好玩。

之後我和太太再去「魔鬼魚點」潛水，運氣極佳，能在近距離看到多條龐大的魔鬼魚在打轉，讓我們拍下許多足可媲美「國家地理台」的高質素水底照片和影片。

水上的活動也多采多姿，除了黃昏出海釣魚和看日落，我們還跟導遊一起，每人開一輛水上電單車，以八十公里的時速在風平浪靜的海面風馳電掣，追尋海豚群，好不精彩刺激，簡直成了占士邦和海洋家 Jacques Cousteau 的化身了！

每天日間總有刺激冒險的行程，只有到了黃昏才是優游自在的「度假」時光。此時我們會返回別墅，坐在沙灘溫度適中的海水裏，看小魚成群在身邊游弋，欣賞太陽慢慢從天邊跌下水平線。

現在馬爾代夫的度假島，美酒佳餚都有五星級的質素和選擇，不須再帶即食麵了。

不過，由於島上沒有競爭，飲食也好，水上活動也好，一切消費都是超昂貴。同時安全設施也不足夠，凡事要自己小心。有次我從水上別墅游向海灘，距離不足五十米，竟差點被急流捲走。在度假島上發生意外，無人知曉，今次僥倖有驚無險，也足以引以為戒：欺山莫欺水，千萬要安全至上！

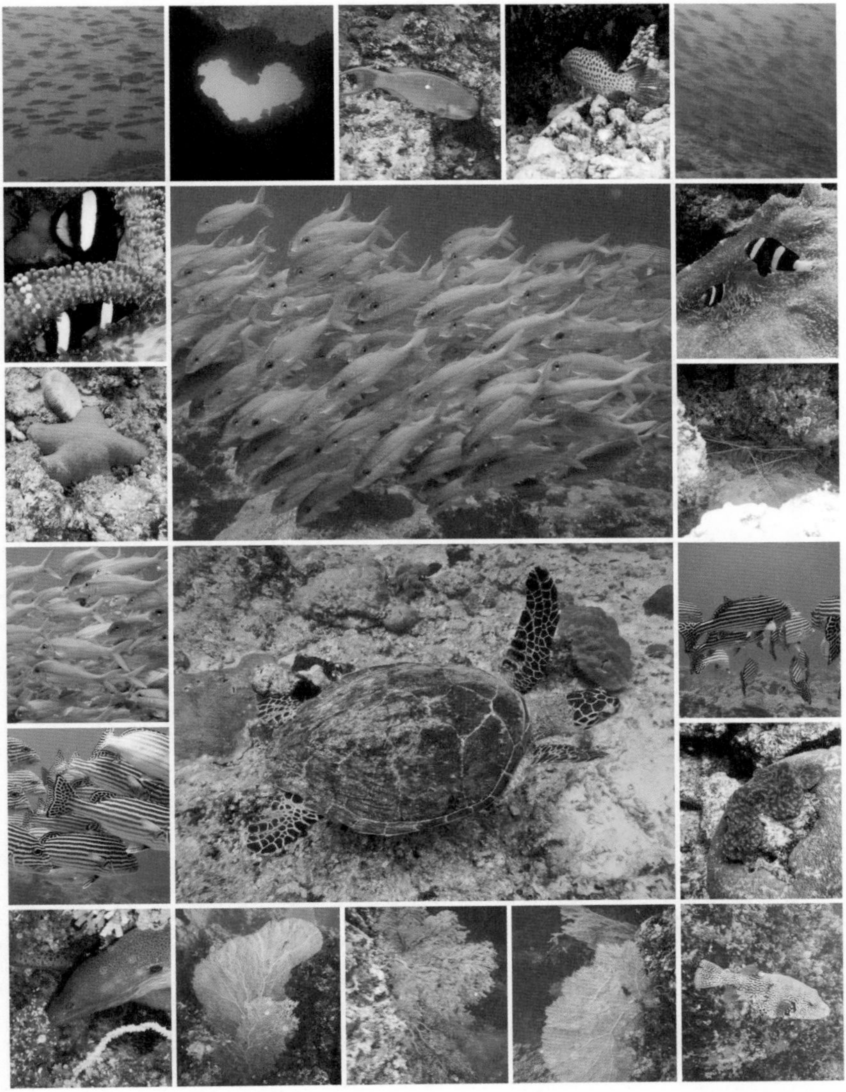

「水底下的馬爾代夫」是此地最大的賣點，除了鯨鯊和魔鬼魚，還擁有許多美麗的魚群、奇異的生物和獨特的珊瑚。我拍下小部份，與大家分享。左上角第二圖的「心形石洞」，乃世間罕見的水底「打卡」熱點。

再度重遊喜中生憂

因兩個女兒都有了潛水執照，今年復活節又再舉家前來。雖然少了點新鮮感，但玩得比兩年前更開心。尤其令人驚喜的是，酒店全部翻新，設備更豪華更完善，並居然接納了我兩年前提出的意見，在水流湍急的位置豎起了警告牌，拉起了浮線，算是從善如流了。

可是我們開始有點憂慮，今回的水質已明顯已比兩年前差，每次出海潛水途中，總會見到幾個浮着的膠水瓶，有天晚上，甚至看見潮水把垃圾和酒瓶沖上沙灘。原來這美麗潔淨的海灣，已不盡是天成的，而是要靠人力來維持和補救了！

原因很簡單，多年前的馬爾代夫，還是鮮為人知的世外桃源，還是潛水愛好者的秘密好去處，而今天卻成了街知巷聞的度假勝地了。因為「錢景」可觀，大財團見獵心喜，競相開發，力圖為貴賓提供最奇特、最豪華的五星級享受。世上第一家水下餐廳已在我們居宿這個島開業多年，並精益求精，除了每兩年一次將所有別墅翻新，最近還投下一千五百多萬美元，在建造一座獨一無二的海底別墅，好讓賓客

圖中的「茅寮」為我們入住的水上別墅。兩年前我差點被激流捲走，就是從小屋游到海灘這短短的距離。現在他們竟然接納了我的意見，在此豎起了警告牌。

Conrad 島有多項活動：上，自駕水上電單車追尋海豚群；中右，海灘浮潛；右下，出海潛水；還有中左，黃昏時在海灘休息，可見小鯊魚在身邊游過。

陽光普照下的馬爾代夫，美麗如畫，簡直是人間天堂。中圖小女手旁，有小鯊魚在游弋。

黃昏的馬爾代夫，美極了！坐在釣魚船上，還可看到太陽跌落水平線那一霎的美景。

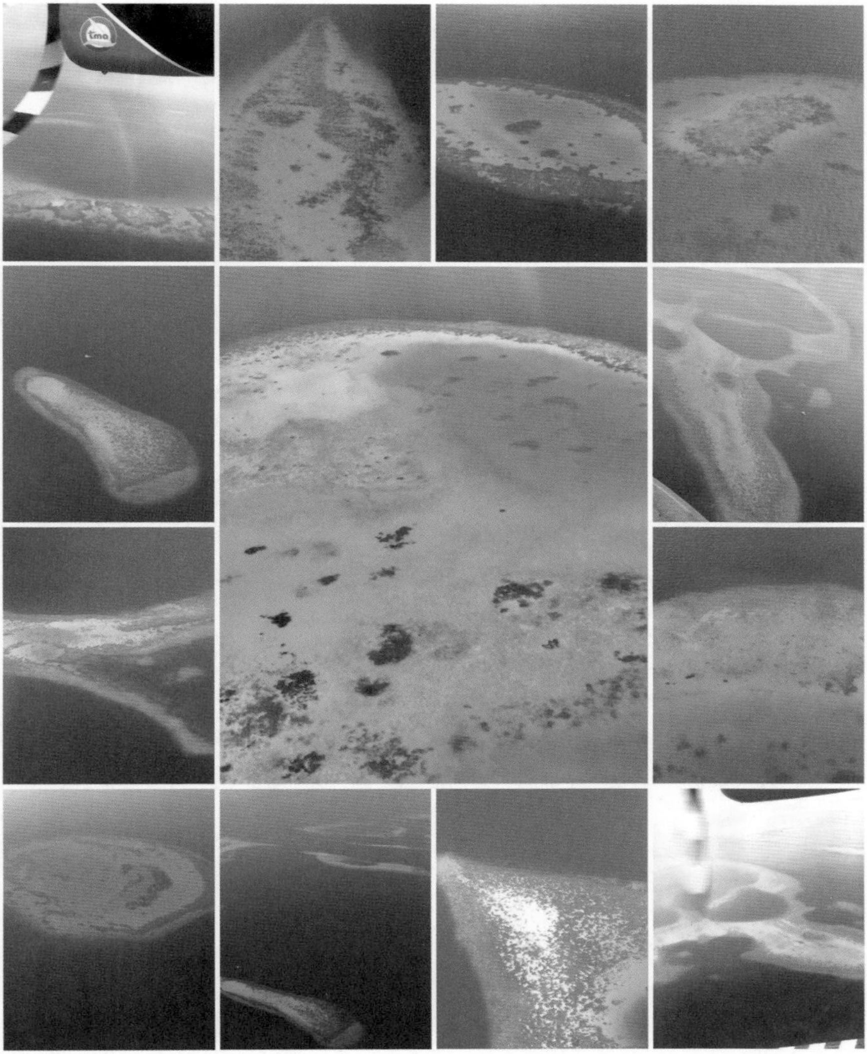

鳥瞰馬爾代夫：從 Conrad 島坐小型飛機回首都 Male 時，可看見很多美麗的珊瑚環礁，甚為壯觀。但此時就要和馬爾代夫說再見了！

們能在珊瑚和魚群的包圍中甜睡，訂價是每晚五萬美元！試想如此發展下去，那天然、質樸的生態環境還能存在多久呢？

近日報載，菲律賓美麗的長灘島（Boracay）因受太多遊客遊覽的衝擊，自然生態遭受嚴重破壞，被總統杜特蒂下令關閉六個月清理「化糞池」。此外，泰國的馬雅灣、韓國的濟州島、哥倫比亞的水晶之河等，也在緊急搶救。而馬爾代夫今天最大的威脅，顯然也是污染問題，而不是陸沉問題了。希望有關當局早日正視此事，不要只看「錢途」，任意破壞這人間天堂得天獨厚的美麗生態！

跨年夜

在美國人心目中，除夕夜是派對夜。我們移民到美國時，跟不少華僑家庭一樣，都是坐在播放着 *Dick Clark's New Year's Rockin' Eve* 的電視前，看着萬人空巷的紐約時代廣場，在水晶球倒數的歡呼聲和友誼萬歲的歌聲中迎接新年。

也許受到農曆年三十晚吃團年飯習俗的影響，很多中國人覺得新曆的除夕也應是家庭團聚的一晚；又或因很多移民家庭還沒有完全融入美國主流文化，我從一腳踏入美國，至研究院畢業的每一個除夕夜，都是飛回家跟爸媽在電視前度過。

畢業後到紐約工作，假期不像學生那麼多，再也不能每年都回老家過新年，才正式開始參與美國人除夕派對的傳統。也是此時才知道，人山人海的時代廣場過半是遊客，當地人是不大去的。我們去的，多為友人家中、酒吧、俱樂部和酒店等不同地方的派對，與朋友們一起載歌載舞，飲飽食醉，然後在新年將臨時，一起大聲倒數，開香檳慶祝，互相擁抱，為彼此新的一年祝福。

後來搬到日本和香港，發覺大多高級餐廳和酒店都不放過這賺錢的機會，早早便安排了跨年夜的套餐舞會。尤其是五星級的大酒店，你必須預早訂位，否則定會向隅。

記得一連許多年，我都是與好友們一起，在香港君悅酒店的美酒佳餚與歡呼聲中度過除夕之夜的。而如果在東京的話，就會幫襯新宿Park Tower頂樓的柏悅酒店，那也是當年日本國內人氣最高的跨年餐舞會。跟香港有點不同的是，日本的跨年夜傳統上不是派對夜，而是先在家裏看完NHK的紅白歌唱大賽，然後舉家去廟堂拜神，是祈福的一天。入鄉隨俗，我們這班外來客在開完派對之後，雖然身上只有單薄的禮服，並且帶着醉意，也會冒着深宵的寒冷，跟日本人一起到新宿的寺廟前排隊，祈求神明保佑新一年安好。

婚後有了孩子，為了讓父母能多些與孫兒們相聚，我每年都安排他們從美國飛來東京或香港過節。他們說，印象最深是香港半島酒店那些跨年派對，人人穿上禮服，戴上特製帽子，在享受過豐盛的晚宴之後，都到大廳來，在樂隊前飲酒跳舞。

而當新的一年即將來臨，大家就湧到酒店門前另一隊樂隊旁，起勁地與他們一起勁歌熱舞，加上眼前的梳士巴利道人頭湧湧，簡直有如置身盛大的戶外搖滾音樂

半島酒店簡單美麗的聖誕新年裝飾

會中。至鼓聲更響更急，頭上的彩燈也變幻得更快更華麗，人們就開始大聲倒數：十、九、八、七……接着驟然一聲聲歡呼，一個個擁抱，激動的心情就像正在維港上空聲聲爆發的煙花一般高漲澎湃。

然而，歲月催人，孩子們漸漸長大，連小女兒都快上大學了。雖然過去數年的跨年夜，她們仍與我們一起在滑雪場上度過，但相信一、兩年後一定會有自己的節目；而父母因為年邁，也不便再飛來飛去，看來和家人一起歡度除夕和新年的機會必將愈來愈少，說不準在哪一年，會回復移民初期的情景：與妻子盤膝而坐，默默地在電視前看 *New Year's Rockin' Eve*！

新年又到啦

香港人最幸福，過完聖誕節不久，又到春節來臨，中環、尖沙咀的大樓，各大商場和屋苑，都忙着改換節日的燈飾，學生和打工仔們都有兩個大假，街上、公園到處擠滿了人，好不熱鬧。

我家移民到美國中西部小鎮後，爸媽還是盡量保持傳統習俗，年初一穿新衣、上香燭向天拜神許願、派紅包、在書包裏放個大吉大利的壓歲錢等。但因照常返學返工，沒有假放，沒有任何慶祝活動，也就沒有「年味」，甚至沒有「過年」的意義了。

不過直至上了大學，每年的大年初一，我都一定打長途電話給父母，向他們拜年，說聲恭喜發財，身體健康；然後爸媽再回我電話，祝我學業進步，年年考第一。可是由於學校全部是西人，這天過得並無二樣。

畢業後到紐約工作，很意外也很開心地發現，唐人街的老華僑並沒有融入西方社會，傳統習俗幾乎完全保留下來：到處聽到文千歲、李寶瑩的賀年歌，到處見到瓜子、瑞士糖、巧克力金幣等糖果禮盒以及揮春、對聯、利是封、南獅子頭等種種賀年物品，刹那間彷彿時間倒流，把人帶回到七十年代的香港。

後來到東京工作，好像又返回美國中西部一樣，因為日本早在百多年前明治改革初期，已廢農曆而改用新曆新年。所以當我搬回香港過第一個春節時，心裏充滿期望。豈料香港人「進步」了，大多趁假期去旅行，就算留下來的，也不會逐家逐戶去向親友拜年，而是一次過相約在酒樓「團拜」了事；市面甚至連賀歲卡都不易找不一張，大家都簡單地寫個 WhatsApp 便了。

有幸是整體的節日氣氛並未消滅，維多利亞公園的年宵花市依然暢旺，中環皇后像廣場依然人山人海，從前沒有的花車遊行、維港煙花表演，尤為熱鬧精彩。

當然紅包也照派，而且都是現金，未被電子紅包所取替，還有舞龍舞獅，鑼鼓喧天，令人振奮。連不少外國人的大公司，都請了大群師傅來舞獅採青，熱鬧一番，然後由老闆親自切開整隻燒豬，與同事們共享。

不知道再過若干年，待我留學美國的小女兒回港工作時，這過節的習俗還能保留多少？

春節，維園美麗的花市。

希望大家多給孩子們灌輸點傳統文化，莫讓高科技與虛擬現實完全取代固有的傳統，免得要去紐約唐人街才能找到中國古老俗例的時光膠囊！我謹以最傳統的方式，拱手向各位拜個年，恭祝新年萬事勝意，身體健康！

天地
www.cosmosbooks.com.hk

書　　名　舊歌新唱——港日美生活拾趣
作　　者　堅　仔
責任編輯　王穎嫻
封面設計　Amanda Cheung 張穎娜
美術編輯　楊曉林
出　　版　天地圖書有限公司
香港黃竹坑道46號
新興工業大廈11樓（總寫字樓）
電話：2528 3671　傳真：2865 2609
香港灣仔莊士敦道30號地庫（門市部）
電話：2865 0708　傳真：2861 1541
印　　刷　美雅印刷製本有限公司
香港九龍官塘榮業街 6 號海濱工業大廈4字樓A室
電話：2342 0109　傳真：2790 3614
發　　行　香港聯合書刊物流有限公司
香港新界荃灣德士古道220-248號荃灣工業中心16樓
電話：2150 2100　傳真：2407 3062
出版日期　2021年7月／初版

ISBN : 978-988-8259-76-4